Dietmar Wischmeyer,
geboren 1957 in Oberholsten/Whgeb., Studium der Philosophie und Literaturwissenschaft, arbeitet seit Ende der 80er Jahre in der deutschen Humorwirtschaft, zunächst beim Hörfunk, dort entstanden die meisten seiner populären Figuren (Frieda und Anneliese, Die Arschkrampen, Günther, Mike etc.). Die Radioserie „Der Kleine Tierfreund" lief ununterbrochen 13 Jahre wöchentlich bei vier verschiedenen Berliner Sendern, das sonntägliche Frühstyxradio hörten acht Jahre lang jede Woche eine halbe Million Witz-Anarchisten in Norddeutschland und Berlin. Von Dietmar Wischmeyer sind bisher vierzig Tonträger und dreizehn Bücher herausgekommen, darunter sehr erfolgreich die vier Bände aus dem „Reich der Bekloppten und Bescheuerten".
Weitere Bücher sind den Figuren aus dem Radio gewidmet (Tierfreund, Günther, Frieda & Anneliese) und im Lappan Verlag erschienen. Nach zahlreichen Soloprogrammen wurde 2003 das erste abendfüllende Theaterstück aufgeführt („Frieda sei mit Euch" zusammen mit Sabine Bulthaup). Irgendwann möchte er noch mal ein Buch schreiben, das keiner versteht. Bis dahin lebt Dietmar Wischmeyer auf freiem Fuß im Landkreis Schaumburg, Niedersachsen.

4. Auflage 2006
Erweiterte Neuausgabe

Postfach 3407 · 26024 Oldenburg
www.lappan.de · E-Mail: info@lappan.de
Gesamtherstellung:
Westermann Druck · Zwickau
Printed in Germany
ISBN 10: 3-8303-3131-2
ISBN 13: 978-3-8303-3131-5

Dietmar Wischmeyer

Deutschbuch

Die Bekloppten

Lappan

Inhalt

Guten Tag

und auf Wiedersehen

„Guten Morgen, Männer“, hieß die klassische deutsche Begrüßungsformel. Will sagen, Frauen wurden sowieso nicht gegrüßt und bis mittags hatte man alle schon mal gesehen. Heute schwäbelt stattdessen ein „Hallöle“ aus der Kulisse und man weiß nicht, ob man gleich brechen oder erst dem Grüßer eins aufs Maul zimmern soll. Der schwäbische Diminutivwahn hat auch in seiner hochdeutschen Lehnsübersetzung nichts an Ekel eingebüßt: „Tagchen“ sagt wahrscheinlich schon der Spieß, wenn er morgens vor die Kompanie tritt. Der Kuschelterror hat nämlich längst die Weicheierreservate in Medien und Werbung verlassen. „Tschüssi“ oder „Tschaui“ flötet es aus jeder Ritze, denn alles ist so putzig und so niedlich im Land der Bekloppten. Als ich kürzlich auf der Straße sogar ein „Schalömchen“ hören musste, gings anschließend mit dem Essigreiniger durch die Löffel. Wann säuselt der Neonazi sein „Heil Hitlerchen“ und gibt damit zu verstehen: Ey, du, irgendwo bin ich auch total verletzlich?

Die Feminisierung der Gesellschaft macht vor keinem Halt. Vorbei die Zeit, da man seinem Kumpel zur Begrüßung die Pranke aufs Schulterblatt dröhnte mit den Worten „Egon, altes Scheißhaus“ – und damit den höchsten Grad zwischenmännlicher Herzlichkeit erreichte. Heute wird selbst im außerschwulischen Bereich gebusselt und gestandene Betonfacharbeiter nehmen sich in den Arm. Auf der Strecke blieb der typisch deutsche Händedruck, einst ersonnen, um sicherzustellen, dass keine Faustwaffe mitgeführt wurde. Viele Hände schütteln nur noch Politiker, wenn sie Sex mit ihren Wählern antäuschen. Der Normodeutsche hatte sich seinerzeit eine Ersatzhandlung ausgedacht, mit

*Die neue Seniorenresidenz lag inmitten lieblicher Landschaft.
Nur Hunde ahnten, was tatsächlich darin vorging.*

der er vermied, den Handschweiß Dutzender an sich aufzunehmen. Dazu klopfte er dreimal mit den Knöcheln der rechten Hand auf eine hölzerne Tischplatte und sagte: „Ich mach mal so."
Ich weiß gar nicht, wie die Kuscheltruppe das Problem der Dutzendabfertigung löst. Wird da ein tapferes „Hallöchen, Mädels" in die Runde gefistelt oder muss jedes anwesende Exemplar geherzt und abgeliebelt werden?
Auch in der Verabschiedung ist Freund Zeitgeist nicht untätig geblieben. „Auf Wiedersehen" sagt niemand mehr, „Halt die Ohren steif" nicht mal der Patenonkel. Was bleibt ist ein frech gelogenes „Wir telefonieren", wenn man sich zu einem „Schalömchen" dann doch nicht durchringen mag.

Weltkulturerbe Betonmatte

Die Frisuren der Busfahrer

Wieder einmal gilt es einen herben Verlust deutscher Kultur zu beklagen: Die Busfahrerfrisur stirbt aus! Noch bis vor kurzem konnte man dieses Bild täglich vor den Autobahnraststätten und Landgasthöfen besichtigen: Ein Neoplan-Euroliner mit Bordtoilette biegt auf den Hof, mit lautem Druckluftzischen öffnet sich die rechte Tür und ein Mann in weinroter Weste oder weißer Strickjacke tritt heraus. Routiniert greift er in seine Gesäßtasche, holt einen Plastikkamm hervor und zieht die Stromlinienmähne auf Passung.
Als würde sich der C_W-Wert des quadrigen Rentnerkoffers merklich reduzieren, trugen alle Busfahrer wie abgesprochen die gleiche Wind-

kanalfrisur. Vom Finish her dem Kotflügel eines Sportwagens nachgebildet, saß der Fahrerhelm auf dem Kettenraucherschädel. Keinem einzelnen Haar war es erlaubt, den strengen Verband des Betonschopfes zu verlassen. Die chemische Formel dieses Zusammenhaltes werden die letzten alten Setrapiloten mit ins Grab nehmen. War es Zuckerwasser, verdünntes Pattex oder nur eigenes Kopfhautsekret, das aus einem Wischmopp dieses perfekte Formteil schuf? Wovon die Reklametussis der Allwetter-Taft-Werbung nur träumen konnten, beim Busfahrer wurde es Gestalt: Ob am Grab von Hermann Löns, in der Rüdesheimer Drosselgasse oder im Schweinepark Soltau: Die Frisur saß immer perfekt.

Zischend öffnet sich die Tür des Niederflur-Stratoliners, ein Mann Mitte fünfzig zieht die Trevirahose über den Bieräquator, schiebt sich eine Ernte 23 in den Mundwinkel und holt den Stielkamm aus der Gesäßtasche: Das ist die deutsche Antwort auf Clint Eastwood, wenn er den Saloon betritt.

Busfahrer hatten es nicht nötig, sich wie ihre schmuddeligen Vettern aus den Lastwagen einen doofen Ami-Namen zuzulegen. Sie sind keine Trucker, haben kein dämliches „Manfred"-Schild hinter der Scheibe und auch keine Lichterkette. Sie haben ihre Betonfrisur und wenn sie die Rastanlage betreten, weiß jeder sofort, wer sie sind. Doch die graumelierten Helme werden seltener vor den Autohöfen, es wird Zeit für das Weltkulturerbe Deutsche Busfahrerfrisur.

Schwuppdiwupp, weg sind se

Kleine Fluchten der Frauen

Wohin verschwinden eigentlich die Frauen, wenn man sich im Kaufhaus einmal kurz umdreht? Die männliche Begleitung durchstreift ergebnislos die Regalschluchten, guckt hinter jeden Kleiderständer – nirgends auch nur eine Spur. Erdzeitalter später tauchen sie dann an einer gänzlich unvermuteten Stelle wieder auf.
Szenenwechsel: Trippeln von einem Fuß auf den anderen, Blicke auf die Uhr, nervöses Rauchen, tiefes Ausatmen: Ein Mann steht vor der Damentoilette. Was zum Teufel kann man dort nur so lange treiben? Die weibliche Urinalanatomie ist so verschieden nun auch wieder nicht vom männlichen Upgrade, als dass man achtmal so lange in der Strullbude verbringen müsste. Gibt es dort, im kleinsten Frauenhaus der Welt, etwa eine Tür ins weibliche Paralleluniversum, einen geheimen Einstieg in eine Zwischenwelt, die Männern auf ewig verschlossen bleibt? Und wo ist die entsprechende Tür im Kaufhaus?
Selbst auf dem Bürgersteig, in aller Öffentlichkeit, gelingt es einer Frau urplötzlich abzutauchen. Männer ohne Rückspiegel am Revers sehen sich dauernd ihrer Begleitung beraubt, wenn sie nur einen Moment unaufmerksam sind. Zack, isse weg! Vom Schuhständer verschluckt, in der Wäsche-Auslage abgesoffen? Nirgends zu sehen! Da stehen sie dann vor den Schaufenstern der Waffenhändler, der Modellflugzeugläden und Handygeschäfte – die verlassenen Männer. Plötzlich macht es pling und die zauberhafte Jeannie ist aus ihrer Parallelwelt zurückgekehrt.
Was geschieht dort im Land, das nur die Frauen kennen? Werden dort pausenlos Arztserien gezeigt? Gibt es dort eine Handbibliothek mit allen Brigitte-Ausgaben? Männer werden es nie erfahren, sie lungern weiter

vor den Kaufhauseingängen, Damentoiletten oder Messerschaufenstern herum, nicht ahnend, wohin sich Madame schon wieder verpisst hat. Es sind die unendliche Gutmütigkeit und Geduld des Mannes, die den Frauen ihre kleinen Fluchten erlaubt. Wäre es da nicht angebracht, einfach mal ganz spontan Danke zu sagen!?

Ein deutscher Hoffnungsträger

Der Unproduktive

Der Arbeitslose ist eine faule, chipsfressende Sau. Zu blöd um in der Frittenbude die Kotze aufzuwischen.
Das mag ja alles sein, aber er dreht immerhin Däumchen zu Hause und schadet nicht noch zusätzlich dem Gemeinwesen durch seine Bekloppthheit. Denn nicht die viereinhalb Millionen Unproduktiven sind das Problem dieser Gesellschaft, sondern die 15 Millionen Kontraproduktiven, die man quer durch alle Branchen in dieser Republik antrifft! Ihr einziges Know-wow ist das Wissen um die eigene Beschränktheit, deshalb giften sie gegen jeden Kompetenten, der ihnen womöglich den Platz an der Heizung streitig machen könnte.
Am üppigsten gedeiht die normale Sozialstaatszecke in Verbänden, Gremien, Anstalten, Kammern, Beiräten, Gewerkschaften, Kirchen und wie die Eierschaukler-Paradiese sonst noch heißen. Da verwesen sie bei lebendigem Leib und überlegen sich mit ihrem noch aktiven Resthirn, wie man die Wertschöpfungskette torpedieren kann. Ihr Feind ist alles Lebendige, Fließende, Verändernde. Allein von der Verwaltung und Betreuung der Arbeitslosigkeit nähren sich mittlerweile so viele Parasiten,

dass deren Reduktion oder gar Abschaffung ein Desaster im Zeckenpack auslösen würde. Niemand käme auf die Idee, eine Kommission aus beamteten Scharfrichtern über die Todesstrafe urteilen zu lassen. Im Gesundheits-, Renten- oder Sozialsystem stimmen hingegen die Maden über die Wiederbelebung der Leichen ab. Die kontraproduktiven Schmarotzer haben überall vorgesorgt und Metastasen in die Gesetzgebungsorgane vorangetrieben. Drei viertel aller Abgeordneten hat eine Zeckenvergangenheit oder -gegenwart. An den langen Marionettenfäden ihrer Hauptquartiere werden sie durch die Fährnisse der sich verändernden Welt geführt und sorgen dafür, dass alles so Scheiße bleibt, wie es ist. Doch was für den einen Scheiße ist, ist für die Sozialstaatsmade der ideale Lebensraum. Drum lob ich mir den Arbeitslosen. Für relativ bescheidenes Salär hält er sein Maul und andere jedenfalls nicht von der Arbeit ab. Warum er sich allerdings noch von den Gewerkschaften vertreten lässt oder gar im Staate noch Hoffnung auf die Beendigung seines Schicksals setzt, das bleibt wohl auf immer ungeklärt.

Der Schlimmste aus dem dreckigen Dutzend

Februar

Ein Monat, der genauso klingt wie das in ihm vorherrschende Wetter. Man schüttelt sich schon beim Aussprechen. Alle Unbill des Jahres hat sich in ihm versammelt: Der Karneval, diese Schande für das ganze Menschengeschlecht, hat sich ausgerechnet den unwirtlichsten Mo-

nat des Jahres ausgesucht um draußen auf der Straße rumzukrajohlen. Neben vielem anderen ein schlagender Beweis dafür, dass besonders der Rheinländer schwer einen an der Waffel hat.
Tückisch am „Hornung“, wie die alten Deutschen nicht weniger abschreckend den Februar nannten, sind besonders die schönen Tage zwischendurch. Da suggeriert die Bestie ein aufkeimendes Frühjahr und will uns vergessen machen, dass mit März, April und Mai noch drei weitere Monate Feuchtbiotop auf uns warten. Einzig der Cabriofahrer oder Biker ohne Saisonkennzeichen kann während dieser raren Lichtblicke allen anderen zeigen, was für erbärmliche Weicheier sie doch sind.
Auf ganz andere Weise wirft der Sommer seinen bösen Schatten voraus: In den Zeitungen und Magazinen häufen sich im Februar die Artikel mit den sonnigen Reisezielen und damit reift auch die Angst, dass man seine Winterwampe nicht mehr lange unterm Norwegerpullover verbergen kann. Verdammich! Flugs zum Fitnessfritzen und die Radikalkur gebucht. So genannter „Salat“ (Alibigrünzeug mit viel Olivenöl, Nüssen, Putenfleisch und Fladenbrot: 3000 Kcal) beherrscht fortan den Speisezettel, manchmal auch nur zusätzlich zur normalen Mastspeise. Dem Salat an sich wird ja im Deutschen eine geradezu mystische Kraft zugesprochen. Er ist gesund, ist Ausweis modernistischer Weiblichkeit und macht angeblich schlank. Was Wunder, dass im Februar die Salatfresserei geradezu epidemisch um sich greift. Wenn unserer vernieselten Seele noch nach Grünkohl mit fetten Würsten ist, mümmeln die Entscheider und Gutausseher schon wieder Salat.
Auch das werfe ich dem Februar vor. Mir komplett unverständlich ist auch, warum die blöde Amsel schon wieder das Maul aufreißen muss. Es ist kalt, dunkel und feucht – doch wer tiriliert um halb sechs in der

Neue Vorgartenplage: Albino-Maulwürfe.

Grünfläche rum? Kollege Singdrossel, der Rheinländer unter den Piepmätzen. Der Schneepflug steht noch nicht kalt in der Garage, schon fängt der Lärm im Gebüsch wieder an. Manchmal ist auch der Winter noch mal kurz zu Gast im Februar, dann gehts dem gefiederten Sänger aber an den Kragen und auf der Autobahn hauts den Sommerreifen-Fanatiker an die Planke: ätsch!
Ja, auch der Tod ist gern zu Gast im feuchtfröhlichen Februar; genau wie im November, seinem zweiten Lieblingsmonat. Allerdings senst er zu Jahresbeginn hauptsächlich die jungen Jahrgänge um – am Straßenrand oder auf der Piste. Im November mäht der Schnitter im welken Laub, das dann den Tiefpunkt seines Lebensmutes erreicht hat. Obwohl der Februar ähnlich zu Depressionen Anlass gäbe, grünt die Lebensendfigur erstaunlicherweise wieder durch und pfeift mit der Amsel am Fenster des Seniorenheims ihr Lied. Auch das ist der Februar und wenn wir dereinst in Petrus' Wartezimmer einrücken, werden wir froh darüber sein.

Zicken auf 230 Volt

Die Eitelkeit der Geräte

Niemals, wirklich niemals solle man die Suppe auf dem Herd unbeaufsichtigt vor sich hinsimmern lassen, riet schon Omas altes User-Manual. Denn sobald der üble Bauknecht die Tür ins Schloss fallen hört, legt er noch 'ne Kilowattstunde nach und schmort den Topf zu Brei. Auch die Waschmaschine liebt die Gesellschaft des Menschen. Nur zu gerne rächt sie sich mit Überschwemmungen, wenn sie allein

in der Wohnung arbeiten soll. Das alles kommt gelegentlich vor, doch insgesamt sind die alten Geräte treue Vasallen, die uns nicht mit ihren Eitelkeiten auf den Zünder gehen.
Anders ihre Vettern aus der elektronischen Neuzeit. Der Drucker z.B., dieses blöde Schwein, nutzt jede Unaufmerksamkeit seines Herrn, um frech zu werden. Sechzig Seiten müssen ausgedruckt werden, eine schöne Gelegenheit, mal dem ausführlichen, Lektüre unterstützten Stuhlgang zu frönen. Zweihundert Blatt Papier in den Einfüllschacht getan, den Tintenstand überprüft und auf „Drucken" geklickt. Unterwürfig fängt der Schleimer an zu sirren und die erste Seite verlässt anstandslos den Ausgabeschlitz. „Recht so", murmeln wir zufrieden in den Bart, schnappen uns die Dieter-Bohlen-Autobiografie und verschwinden aufs WC. Doch kaum schickt sich die erste Analfrucht an, das Rektum zu verlassen, kaum haben wir eine schweinische Stelle bei Penisbruch-Dieter gefunden, da fiept es aus dem Arbeitszimmer, als würde ein Rehkitz über die Sense balbiert. Die Hose auf halb acht, stürzen wir wutentbrannt zum Drucker. Der lässt uns über seinen blöden Freund, den Rechner, mitteilen, es sei kein Papier in ihm drin. Überflüssig zu sagen, dass von den zweihundert aufmunitionierten Blatt noch ca. 198 vorhanden sind. Darum gehts der Kanaille auch gar nicht. Sie will lediglich, dass man ihr beim Werkeln zuschaut. Dazu hat sich das elektronische Kroppzeug allerlei Schikanen überlegt: „Unbekannter Fehler 3498", „Überprüfen Sie, ob der Strom angeschlossen ist", „Spermen Sie bitte auf die Escape-Taste". Da nützt es auch nichts, sich auf leisen Sohlen aus dem Raum zu stehlen. Die Sausäcke kriegen alles mit und treiben bei Abwesenheit sofort ihren Schabernack. Blink. Fiep. Fehler 3498. Selbst so einfache Anforderungen wie „Abschalten" auf Befehl befolgen die Mistviecher besonders

dann äußerst ungern, wenn man dringend den Flug in den dreiwöchigen Urlaub erreichen muss und draußen das Taxi wartet. Zack, hängt der Cursor fest und rührt sich nicht. Mutige reißen dann kurzerhand den Stecker aus der Dose und zeigen, wer hier der Herr im Hause ist. Doch drei Wochen später, wenn man ihn wieder anschaltet, den nachtragenden Drecksack, rächt er sich: „Das Gerät wurde beim letzten Mal nicht ordnungsgemäß ausgeschaltet, bitte formatieren Sie die Festplatte neu." Natürlich könnte man jetzt in den Schuppen gehen, den Fünf-Kilo-Hammer holen und dem Naseweis eins über den Bürzel ziehen, dass die Platinen durch die Stube fliegen. Interessiert so 'n Gerät aber gar nicht, dem ist es scheißegal, ob es lebt oder kaputt ist. In dem Punkt sind sie nämlich gar nicht eitel und uns bis in alle Ewigkeit überlegen.

Straßenbegleitimperative zum Kuscheln

Die neuen Schilder

Der Mensch tut gern das, was er nicht darf. Überall reinlatschen, alles zumüllen und während der Mittagsruhe vorm Altersheim den Auspuff abschrauben. Und weil die meisten zu dämlich sind, aus sich heraus ihr Verhalten sozialverträglich zu gestalten, erfand der Staat die Schilder: „Rasen betreten verboten", „Nicht in den Wald scheißen", „Ausfahrt freihalten". Eindeutige Befehle, die selbst der Blödeste mit etwas Nachdenken begreifen konnte.

Nun kam aber die neue Freundlichkeit über dieses Land und verschwiemelte den einfachen Schilderbefehl: „Nehmen Sie bitte Rücksicht auf Anwohner“ steht am Eingang des Biergartens und man weiß gar nicht mehr, was von einem verlangt wird. Keine Scheiben einschlagen? Nicht in die Hauseingänge kotzen? Was denn nun? Die normale Großhirnrinde war mal wieder überfordert und ließ komplett orientierungslos die Sau raus.

„Bitte verlassen Sie diesen Raum so, wie sie selber ihn vorzufinden wünschen“ – ein Klassiker unter den total überfordernden Schilder-Anweisungen. Wie naiv muss man sein, um den Hygienemaßstab einer öffentlichen Bedürfnisanstalt an den persönlichen Vorlieben ihrer Benutzer zu formulieren. Ein deutliches „Nicht neben die Schüssel kacken“ wäre nach meinen Erfahrungen auf Autobahnparkplätzen angebrachter gewesen.

Aber es sollte noch schlimmer kommen! Das Schild im Samthandschuh steigerte sich in eine vorweggenommene Dankbarkeits-Suada hinein: „Danke, dass Sie das Geschirr abgeräumt haben!“ Wieso, hab ich doch noch gar nicht! Und jetzt, so meldet sich sofort der innere Anarcho, mache ichs erst recht nicht, ätsch! „Diese Baustelle besteht bis zum Jahre 2012. Vielen Dank für Ihr Verständnis“, buhlt das Autobahnschild um den geneigten Stauinsassen, der vor Wut ins Lenkrad beißt. „Willkommen auf dem Nichtraucherbahnhof Köln“, trällert die Ansageschlampe nach Einfahrt des ICE, um auf die ganze fiese Art mal gleich klarzustellen, was den Bahnsteig-Quarzer hier erwartet. Und – was erwartet uns bei der nächsten Stufe der Freundlichkeitsoffensive?: „Wir lieben Sie, wenn Sie Ihr Fahrrad nicht an die Mauer lehnen.“ – „Dies ist eine Vergewaltigung. Vielen Dank für Ihr Verständnis!“

Neues EU-einheitliches Verkehrszeichen:
Vorsicht! Lkw-fressende Schlingpflanzen.

Politisch korrekt saufen

Die Schorle-Leute

Mit dem Beginn der Sommerzeit erwacht ein Menschenschlag aus dem Winterschlaf des Teetrinkens, der von nun an die Außengastro der Innenstädte verklumpt: Die Schorle-Leute sind wieder da. Alles in ihrem Leben ist halb – geradeso wie ihr Lieblingsgesöff aus gestrecktem Weißwein: Auf die Vollkornschrippe streichen sie die Halbfettmargarine, zur Not gibts mal 'nen entkoffeinierten Milchkaffee und wenn überhaupt, wird Marlboro Ultra geraucht. Bloß nicht die volle Dröhnung an den zarten Körper ranlassen. Bei dessen steter Reparaturanfälligkeit gibts deshalb auch bloß den halben Kram vom Homöopathen. Hat den Halbmenschen dann doch mal eine handfeste Infektion aus dem Verkehr gezogen, nimmt er Antibiotika höchstens auch als Schorle, indem er die Hälfte wegwirft. Gerne wirkt der Homo schorliensis auch in fettreduzierten Berufen wie Lehrer oder anderem Sozialgehampel. Nicht zu verwechseln ist er mit den Light-People, die der Härte ihrer iMac-Jobs durch aggressives Gesundsein entgegentreten. Die Schorle-Leute sind von Natur aus schissig. Bei allem was sie tun im Leben regiert die nackte Angst vor dem Unvorhersehbaren: Sie kriegen keine Kinder, sondern „planen" ihren Nachwuchs, sie haben keinen Sex, sondern eine „erfüllte Beziehung", sie hauen nicht mal auf die Kacke, sondern haben „tolle Gespräche". Bei ihren Partys stehen alle in der Küche herum, mit dem Arsch an den Nudelsalat gelehnt und freuen sich auf halb elf, wenn sie nach Hause dürfen. Aus dem Fußballstadion verschwinden sie schon zur Halbzeit, um nicht in den Abreisestau zu geraten. Eine Halbtagsstelle steht an erster Stelle auf der Wunschliste für das persönliche Glück. Das Schorletum ist die bewusste Verneinung des Lebens in seiner Ganzheit.

Schon das Mittelalter kannte unter dem abwertend gemeinten Begriff „Schorlemorle" das verhängnisvolle Mischgetränk aus Weißwein und Wasser. Über die Jahrhunderte sind ähnliche Wörter mit Binnenreim bezeugt, wie etwa Muckefuck, die stets ein verfälschtes oder gestrecktes Lebensmittel bezeichneten. Erst in unserer Zeit legte der Begriff unter Weglassung seines zweiten Wortbestandteils den negativen Beigeschmack ab. Die Schorle wurde zum akzeptierten Getränk der halben Leute. Auch ihr Kollege aus der Welt des gepanschten Bieres, das Alsterwasser, verlor den zweiten Teil des Wortes und erinnert heute nur noch den Hamburger Eingeborenen an die brackige Schlempe seines City-Tümpels. Während andere sommerliche Alk-Mixturen wie Weizenbier-Bananensaft oder Altbier-Cola nie ihren Gruselfaktor ablegen konnten, erreichte die Schorle den Rang des Akzeptierten, wenn nicht Erhabenen. Man denkt dabei nicht an gepanschten Wein, sondern an die vollkommene Vermählung zweier wertvoller Bestandteile. Aus diesem Selbstverständnis der größeren Kultiviertheit heraus, bestellt der Schorle-Mensch auch immer als Letzter in geselliger Runde. Nachdem der doppelte Whisky, das große Pils und der halbe Liter Rioja geordert wurden, fiept es der dahinschwindenden Bedienung hinterher: „Für mich eine Schorle." Und um die Kultiviertheit noch unerträglicher zu machen, folgt nicht selten: „Aber bitte mit einem trockenen Weißwein."

Kühlregal der abgelaufenen Liebe

Du und die Wurst

Wenn der Tag mit einem Anschiss anfängt, dann weißt du, dass du nicht allein bist auf der Welt. Neben dir, oft in derselben Wohnung, gibt es eine riesige sprechende Wurst, die der Teufel gesandt hat, um dir in jeder Minute deines kleinen Lebens dessen Erbärmlichkeit vor Augen zu führen. Du und die Wurst, ihr habt euch mal geliebt; für einen winzigen Moment habt ihr damals vergessen, dass unter der glänzenden Pelle der Knorpel, die Fettplocken und der Ekel wohnen. Jetzt seid ihr z.B. verheiratet, du und die Wurst, das Fett quillt in der Mitte hervor, und jeder Tag beginnt mit einem Anschiss. Die Wurst stellt die immergleichen Fragen: „Wie oft soll ich dir noch sagen …" Du kennst die Antwort, doch niemand will sie von dir hören. Die Wurst springt schon am frühen Morgen in der Wohnung hin und her, sie räumt, sie lärmt, sie will, dass du Dinge tust, die du verabscheust: aufstehen, im Bett nicht rauchen, vor acht Uhr in ganzen Sätzen reden. Und was sie ganz doll will, ist, dass du dich verpisst – ins Büro, aufs Arbeitsamt, an den Altglascontainer, zu deinen Freunden – völlig egal, Hauptsache raus aus der Wohnung. Denn wenn du weg bist, beginnt das geheime Leben der Wurst: Sie ruft andere Würste in anderen Wohnungen an, raucht dabei bunte Leichtzigaretten und spricht von Dingen, die du deinen besten Freunden nicht erzählen würdest. Es geht zum Beispiel um deinen Penis und was aus ihm geworden ist in all den Jahren. Gut, dass du nichts davon weißt. – Am späten Nachmittag darfst du in deine Wohnung zurück, deine Schuhe musst du auf dem Bürgersteig ausziehen, deine Hände draußen im Goldfischteich waschen – dann erst darfst du rein und dich zum Hund aufs Sofa setzen. Jetzt spricht

Gabs günstig bei OBI.

die Wurst nicht mehr mit dir, sie will jetzt andere Würste im Fernsehen beobachten – wie sie erfolgreich eine Modefirma leiten oder junge Liebhaber im Urlaub vernaschen. Im Wurstfernsehen kommst du nicht vor, da gibt es keine schlaffen alten Säcke mit Schrumpelgenitalien. Da sind die Männer auch in deinem Alter noch attraktiv. – Vor den Tagesthemen geht die Wurst ins Bett, um Kräfte zu sammeln für den Anschiss am anderen Morgen. Du sitzt noch eine Stunde auf dem Sofa und kraulst dem alten Hund das räudige Fell. Schön, wenn man nicht allein ist auf dieser Welt.

Wenn die Sprache Tollwut kriegt

Veitstanz in der Kreissparkasse

Durch die Entwicklung auf den Finanzmärkten sind weite Teile der potenziellen Kundschaft zusehends verunsichert. Fakt ist, dass effektive Lösungen im Bereich Vermögens-Management wieder häufiger unter der eigenen Matratze gesucht werden. Das „Portfolio in der alten Socke" (PidaS) gilt selbst unter Börsianern als Geheimtipp. Ziel von *Customers Challenge Two Double O Two* (CuCha2004, CCTDOT) ist es, die zentralen Felder des *Finance-Optimizing* und *Currency-Floating* zurück ins MMC (Money Management Center, vormals Sparkassenzweigstelle) zu holen. Dazu muss der *PidaS-User* wieder zu einem *MMC-Customer* (MMC-C) werden.

CCTDOT ist hervorgegangen aus dem Verkaufsteigerungsprogramm (VSP1) des Sparkassen- und Giroverbandes für Ganzdeutschland

(SuGVfGD) und einer Reihe von Tierversuchen am Zentrum für Primatenforschung der Nord/LB in Laatzen (ZENFÜPRIM N/LB). Zugrunde liegen dem Programm die vier Erfolgsfaktoren systematischer Re- und Akquisition von Alt- und Neukunden:

- Niederschwelliger Marktauftritt (Low-Level-Performance, LoLeP)
- Individualkundenorientierung (Eye-to-eye-communication, Etec)
- Rudelzugehörigkeitsvertrauen (Piss-and-smell-identification, Pasi)
- Fokussierte Beratungskompetenz (Targeting-and-coaching-competence, TaCC)

Im Einzelnen bedeutet das für den *Customer's Consultant* (CuCo) nach der Methode CCTDOT:

LoLeP:

Das MMC ist in die *Urban Area* (UA) des customers unauffällig zu integrieren (Camouflage-building-concept, CBC).
Beispiel: *Auch sozial schwache Areas bieten ein lohnendes Akquisitionspotenzial. Die Bewohner können durch Schwarzarbeit, Kleinkriminalität oder Sozialbetrug einige Gelder angehäuft haben, die auf ein überzeugendes Finance Management Concept (FMC) warten. Das LoLeP-CBC ebnet durch einen bescheidenen Marktauftritt die Kontaktschwelle (Contact Swallow). Eingepasst in die UA erscheint das MMC als leicht verwarzte Spekulantenbude (light Dermatoid Speculation corner) mit einem CuCo in lässiger Freizeitkleidung (Underdog Casual Wear) in fröhlichen Farben (Ballon Silk Suite).*

Etec:

Der CuCo sucht im direkten *contact* mit dem *customer* den individuellen *eye-to-eye-meetingpoint*. Contact-Keywords wie „Guten Morgen" oder „Wie gehts, altes Haus", im Einzelfall auch in der Muttersprache des *customers* (Buenos-Dias-Baracke), sind bewährte Türöffner (Traditional Door-openers) in der First-contact-theory nach Professor Katzenschneider.

Beispiel: *Ein Obdachsuchender oder Student (Low-profile-customer, LPC) betritt das MMC und geht Richtung Cash Counter („Stütze abheben"). Auch diese eindeutige Low-profile-situation kann durch Etec in ein FMC-Meeting erweitert werden. Um die LoLeP anzupassen, kippt sich der CuCo eine Messerspitze Senf oder Ketchup auf den Schlips (strategic-outfit-destroying, SOD) und spricht den LPC direkt an: „Ey, Alter! Haste dir schon mal 'nen DekaFond reingezogen?" Die darauf folgende direkte Etec registriert anerkennend die versiffte Krawatte aus dem SOD, und es folgt Punkt drei im LPCC (low-profile-customers-contact): die Pasi.*

Pasi: *Piss-and-smell-identification* ist nicht nur im Tierreich (Kingdom of Animals, KoA) eine beliebte Methode (method, M), um die Rudelzugehörigkeit (Pack-membership, PM) eines Artgenossen (Communist of Art, CoA) festzustellen. Auch MMC-Cs erkennen „ihren" CuCo am Geruch. Nur „wenn die Chemie stimmt", werden Finance-Deposures (Einzahlungen, Ezn) angstfrei getätigt. Der CuCo sollte deshalb vor dem Markieren der Consulting-area (CA) durch eigene Körperausscheidungen nicht zurückschrecken (Tafelgeschäfte, TGs). Sofort stellt sich beim *customer* ein olfaktorisches Heimatgefühl ein, und sämtliche Poren öffnen sich für ein ganz spezielles *Money consulting* (Mc), das TaCC.

TaCC: Target and Coaching Competence meint nach der Methode (method, M) CCTDOT, dass der *customer* targetgerecht gecoacht wird, mit anderen Worten (words, Ws): Target und Coaching müssen Hand in Hand (hand in hand, HiH) gehen, und dem *customer* wird ein Paket ganz speziell auf ihn zugeschnittener Finance-Level-Optimizing-Products (FLOPs) an die Hand gegeben.

DAS WICHTIGSTE ZUSAMMENGEFASST:
(the most important in a second)

Markterfolg im Vermögensmanagement basiert auf umfassendem Konzept und klaren Erfolgsfaktoren!
Das Konzept heißt CCTDOT und wird bei den Mitgliedern des Sparkassen- und Giroverbandes für Ganzdeutschland eine neue Ära der gesteigerten Produktivität (Mounted Money Making, MMM) einleiten.
Auch DU bist gefragt, deine Kompetenz (competence, ©) und dein Geruch (rotten smell, RS) entscheiden mit, ob das nächste Jahr für uns alle ein erfolgreiches Jahr sein wird.
Make the customers satisfied! (Mtcs!)

Zeitgemäß angepflaumt

„Ey, du Kassenpatient!"

Nach „Arbeitsloser" und „Scheinasylant" hat ein weiterer Begriff aus der rauen bundesrepublikanischen Wirklichkeit Einlass in die Welt der Schimpfwörter gefunden: „Kassenpatient." Der Volksmund bewertet damit instinktsicher die gesellschaftliche Stellung behandlungsunwerten Lebens. Egal, wie die so genannte Gesundheitsreform auch en detail ausformuliert wird, die volle Breitseite trifft den Bodensatz in AOK und Ersatzkassen. Nachdem sich Junge und chronisch Gesunde zu den Privaten verpisst haben, bleibt den Gesetzlichen nur die Resteverwertung: Siechende und Süchtige, Geronten und Gelähmte. In deren Logik liegt zudem begründet, dass sie auch noch weniger in die Solidargemeinschaft einzahlen. Neben den Tod als natürliches Ende eines Versicherungsgegenstandes wird bald der wirtschaftliche Totalschaden treten. Lohnt sich noch der Helicopterflug, wenn bei Omma Krause die Pumpe den Dienst versagt? Müssen auch Kassenpatienten unbedingt in den Kernspintomografen geschoben werden? Vertraut man bei diesem robusten Menschenschlag nicht besser auf die Selbstheilungskräfte der Natur?

Je öfter die Politik sich gegen den Vorwurf vom Zweiklassensystem wehrt, desto mehr ist er Wirklichkeit geworden. Selbst das von der Fielmann-Forschung überwunden geglaubte „Kassengestell" wird wieder auferstehen, das „AOK-Gebiss" kehrt zurück, die schlackernde „Kassenhüfte", die Glasaugen und leeren Ärmel gehören bald wieder zum Straßenbild. Während die Besserverdiener ihren Body durch ständige Operationen dem ästhetischen Leitbild angleichen können, dürfen sich die Bedürftigen nach Anleitung im Internet den Bypass selber legen. So driftet die Gesellschaft auch optisch immer mehr auseinander. Die Reichen sind die Schönen und die Armen sehen einfach Scheiße aus. Je weiter plastische Chirurgie und Prothetik voranschreiten, desto brutaler wird es für jene, die ihrer nicht teilhaftig werden. Aber auch innen drin siehts finster aus. Während sich der Tycoon ein Herz nach dem anderen in die Brusthöhle schiebt, steigt der Lehrling mit dem Organspenderpass im Portmonee auf sein gammeliges Moped und wird platt gefahren.

Da muss man sich doch fragen, warum die armen Bevölkerungsschichten das Wertvollste, das sie besitzen, zum Nulltarif abgeben sollen. Warum nicht schon zu Lebzeiten für das Herz, die Nieren oder den andern Kram 'ne schöne Stange Geld einstreichen? Wenn das Gesundheitssystem schon nach wirtschaftlichen Gesichtspunkten reformiert werden soll, dann bitte aber auch richtig. Mit den Mücken für das Gekröse kann sich der zukünftige Spender doch während der Wachphase seines Körpers 'ne blitzsaubere Hüfte leisten. Schon jetzt liefern die Armen dieser Erde die Ersatzteile für die kaputten weißen Körper. Schweinerei! Urwalddoktor und Generica sind doch nicht halb so teuer wie ein durchreparierter Korpus in Weißi-Land. Auch hier wollen die Organgeber am Profit partizipieren.

Und so sieht dann das reformierte Gesundheitssystem aus: Die Versicherung leistet eine Wette auf den Kunden, je höher das Krankheitsrisiko, desto höher die Beiträge. Gemindert werden können diese wiederum durch die Abgabebereitschaft von Körperteilen im Entnahmefall („Früher Tod" genannt). Je höher wiederum die Chance auf den Entnahmefall ist („Junger Tod" durch Morbus kawasaki), desto geringer sind die Beiträge. Denkbar wären auch Sachleistungen oder eine Tauschbörse: Gibst du mir eine Niere oder dein Knochenmark, erhältst du einen Gutschein für eine schicke Zahnprothese oder einen Freiflug ins Herzzentrum. Hat sich das ganze System erst mal eingespielt, wandern die Organe an die Warenterminbörse in Hannover und das Hundert Herzen wird genauso gelistet wie der Sattelzug voll Schweinehälften. Die einstmals Gebeutelten des Gesundheitssystems bekommen ein neues Selbstbewusstsein als wichtige Rohstofflieferanten und das böse Wort vom „Kassenpatienten" gilt nicht mehr.

Riskant durchs Versagerland

Gefahrvolle Berufe

Durchgeschwitzt erwachte ich aus meinem Tagtraum. Ich hatte mit einem 5-Kilo-Hammer das Teledat X120 auf dem Hof zerschlagen und ein verirrtes Plastikschrapnell traf einen zufällig vorbeiradelnden Telekom-Mitarbeiter tödlich am Kopf. Schlagartig wurde mir klar, in welcher Gefahr sich mittlerweile einige Berufsgruppen in diesem Lande befinden. Nicht mehr Polizisten und Feuerwehrleute sind vom jähen Dahinscheiden unter Ausübung ihrer Tätigkeit bedroht, sondern scheinbar harmlose Dienstleister, die blöderweise bei einem der im Volke verhassten Schweineläden angeheuert haben: Der bedauernswerte Zugbegleiter, den die Durchsage von der dreistündigen Verspätung ungeschützt in der zweiten Klasse ereilte und der in logischer Konsequenz von den DB-Gefangenen erdrosselt wurde. Den Kurierfahrer zerteilte ein Mann mit der Axt, als er ihn dabei erwischte, wie er den gelben Zettel ohne Zustellversuch in den Briefschlitz schob. Einer investigativen Gruppe mündiger Steuerzahler gelang es sogar, die Adressen von Finanzbeamten herauszubekommen und deren Rasenmäher zu vergiften. SPD-Mitglieder verfeuern zu Tausenden ihre Parteibücher im skandinavischen Dekokamin. Ja, selbst der Kanzler klagte schon über Drohbriefe an seine Heimatadresse.

Was soll aus diesem Land noch werden, in dem die schlimmsten Schergen nicht in Ruhe ihrer Arbeit nachgehen dürfen? Schon sieht man Leute, die draußen vor den Call-Center herumschleichen, um den armen Menschen aufzulauern, von denen sie in 0190er-Fallen gelockt wurden. Bauarbeitern, die mitten auf der Straße unschuldig Blumenbeete aufpflastern, wird vorsätzlich eine Stelze abgefahren. Mit blutigem Stumpf schleppen sie sich zur Fußgängerbedarfsampel, nur um dort gänzlich platt gebügelt zu werden. Kampfpudel spielen in den Vorgärten mit GEZ-Fahnder-Teilen – sieht so das moderne Deutschland aus? Wann rollen die ersten Castor-Transporte nach Berlin, innen drin die komplette Bundesregierung auf dem Weg zu ihrer nächsten Sitzung? Es weht ein kalter Wind durch die Solidargemeinschaft.

Seniorenheim auf Rädern

Rentner am Steuer

Was früher der Ariernachweis ist heute der Führerschein: Gilt auf Lebzeit und macht einen erst zum vollwertigen Mitglied der Gesellschaft. Auch wenn der alte C64-Rechner unterm Cordhut die Datenmenge nicht mehr so richtig voreinander kriegt, darf auch der 100-Jährige noch einen Testarossa über die Autobahn scheuchen. Dabei fangen die Probleme schon viel früher an: Ein Schaltwagen hat drei Pedale, ein Rentner aber nur zwei Füße. Was nun? Es gibt sechs Möglichkeiten, zwei Sandaletten auf drei Pedale zu verteilen und jede Bio-Rostlaube nutzt im Laufe ihrer angejahrten Fahrpraxis alle sechs irgendwann aus. Um den letztlich unlösbaren Konflikt zu entschärfen, erfand der Mensch den Automatikwagen: zwei Trittflächen, zwei Rentnerschlappen: passt wie mein Mann seiner. Doch halt: Welcher Fuß auf welchen Tritt und welcher zuerst oder beide gleichzeitig? Und wo sind die blöden Pedale? Ein scheuer Blick in den Fußraum schafft da zwar Gewissheit, aber eigentlich sollte man beim Autofahren immer schön aus dem Fenster gucken – genau wie im Seniorenstift, ist doch ganz

Badezimmer Modell Hartz IV.

einfach zu merken. In der Regel findet sich auch Old-Falten-Face recht gut im Verkehr zurecht, besonders im Berufsverkehr, den er ohne Not, aber zielstrebig wie die Scheißhausfliege das Marmeladenbrot, täglich ansteuert. Mit 40 km/h schwimmt der Zitterrochen durchs Gewühl der City und hat alles im Griff, besonders das Lenkrad, an dem er sich im Sitz aufrecht hält. Sollte dessen eigentliche Funktion, die Richtungsänderung, mal vonnöten sein, greift der graue Fahrzeuglenker wie wild mit den Händen übereinander – so lange, bis ein unentwirrbarer Unterarmknoten entsteht. Sein größter Feind bleibt jedoch die Ampel, besonders wenn sie auf GRÜN steht. Eine Heidenangst erfasst den Zausel auf dem Veloursitz, denn er ahnt bereits, was kommt: Der Lichtsignalgeber springt demnächst auf ROT. (Die Gelbphase ist so kurz, dass sie von Menschen über 70 nicht mehr wahrgenommen wird.) Rentnergehirn gibt an Rentnerfuß den Befehl: bremsen! Und weil es gilt, 1,60m Strecke bis da unten hin zu überwinden, ergeht der Befehl schon in der Grünphase, kommt dann doch schneller an beim Fuß, kurzes Anbremsen, Rückmeldung an Gehirn: Ampel ist noch grün, Sandalette vom linken Pedal auf rechtes Pedal, Mist: Kupplung. Anderer Fuß von ganz links nach außen rechts. Gehirn meldet Ampel Rot, alle Füße zurück und zusammen auf mittleres Pedal: Scheiße Gaspedal!!! (Klirr, schepper, krach, bum).

Walhalla als Preview

Oktoberfest

Jede Kleinstadt ist in blau-weißes Rautenmuster getaucht und sogar die Altersheime feiern bayrisches Oktoberfest. Der Weißwurstäquator schiebt sich im Herbst bis zum Polarkreis vor. Nur der rheinische Irrsinn hat eine derart kulturimperialistische Kraft wie das bajuwarische Kampfsaufen aus Einmachgläsern.

Was wieder einmal mehr beweist, dass nur das wirklich Primitive und Bescheuerte in die Herzen des Volkes vordringt. Ganze Mammuts werden über offener Esse gegrillt, dazu geschälte Stoppelrüben geknabbert und die Gerstenjauche je hälftig in den Schlund und aufs Jackett gepladdert: „Jo mei, wenns Arscherl brummt, ists Herzerl gsund." Wer wollte dem widersprechen und ab und zu braucht auch der Feingezwirnte seine atavistische Auszeit: Grölen, Saufen, Kotzen, Grabbeln und dann das Ganze wieder von vorn. Oktoberfest ist das kollektive Aufbegehren des Kleinhirns gegen die Vernunft. Scheiß vegetarischer Ökofraß, verdammter Nichtraucherterror, das gepflegte Glas Wein am Abend – heute einmal nicht, heute zeigen wir dem Trägermodul unserer Seele mal, wer hier der Herr im Hause ist. Fünf Liter Schlabberbier durchs System geprügelt, fettes Schweinefleisch, eine Luft wie kalter Furz im Aschenbecher: Herzinfarkt, du kannst mich mal! Auch die Erotik verabschiedet sich vom raffinierten Überbau, es zählen nur noch mörderische Masttitten und die dazugehörige Kruppe eines Brauereipferdes. Die Liesl, das Reserl, das Burgl: barockes Erotik-Urgestein und altdeutsche Wichsvorlage in geschnürtem Folklorefummel. Und was das Schönste ist, das sind mal Weiber, die ganz viel Bier auf einmal tragen können, quasi der Traum eines jeden Germanen, wenn er mal ganz tief in sich hineinhorcht. Das

Oktoberfest ist wie seine Erfinder, die Bajuwaren, eben noch viel dichter dran an der alten Bärenfell-Romantik der Germanen. Hier muss man nicht wie beim Karneval sinnlos durch die Gegend latschen, sich saublöde Witze anhören und alberne Perücken tragen. Hier gehts ans Eingemachte: Das Tier muss mal wieder raus. Ozapft is!

Wenn der beste Freund schwul wird

Rasenmäher

Früher hatte der Mann immerhin *einen* Freund in der Familie, den Hund. Dieser war mannscharf, stank aus 'm Maul nach Aas und wurde bei jedem Wetter draußen im Zwinger gehalten – ein echter Kumpel für echte Männer. Seitdem Golden Retriever und artverwandte Weicheier aus der Margarinewerbung in die Familien eingerückt sind, hat der Mann dort keine Freunde mehr. Frau, Kinder und Köter bilden eine Eiapopeia-Wertegemeinschaft, in der ein Mann keine Heimat mehr findet. Nur da draußen im Garten zwischen den Sichtschutzelementen hat er noch einen echten Kumpel: den Rasenmäher. Der ist laut, stinkt und lässt sich von Frauenhand nicht starten. Er dient nicht der Hege und Pflege der weibischen Flora, sondern mäht sie nieder: ein echter Kerl eben. Sein vorsintflutlicher Motor ohne Kat ist dermaßen laut, dass man sich nicht dabei unterhalten kann. Hinterm Rasenmäher ist der Mann noch davor sicher, angesprochen zu werden. Allein mit seinem Kumpel zieht er Bahn für Bahn übers Grün, kann

dabei seinen Gedanken freien Lauf lassen und vergisst für eine Weile das Vielsprechgerät in der Wohnung. Rasenmähen ist eines der letzten Alleinstellungsmerkmale männlicher Kompetenz im Haushalt, denn nur ER kann den launischen Drachen bändigen.
Und das Monster ist gefährlich! Mit einem Schlag seines rotierenden Messers kann es das wichtigste Organ einer Frau zerfetzen: den Fuß, den man doch so dringend braucht als Legitimation für den ständigen Schuherwerb. Ja, der Rasenmäher und vielleicht noch der Holzkohlengrill – das sind die letzten wahren Freunde des Mannes in der unerträglich feminisierten Familie. Doch die Kohlenesse mit dem brennenden Fett aus Nackensteaks raffte schon der angeschwulte Elektrogrill dahin, nun hat es auch den Rasenmäher erwischt. Jüngst sah ich ihn in einer Anzeige, den „Leisemäher für eine neue Zeit“: Er hat ein Gehäuse mit integriertem Schalldämpfersystem, eine rückenschonende Fangkorbentnahme und ist durch seinen Pollenfilter auch noch für Allergiker geeignet. Das Einzige, was ihm noch fehlt, diesem Golden Retriever unter den Schnittern, ist der Unterfahrschutz für Riemchensandalen. Wieder ist dieses Land um eine männliche Domäne ärmer geworden.

Bevor irgendwas passiert

Registrieren und Initialisieren

„Vor Inbetriebnahme des Wireless-Communication-Sets bxa 398 supercomfort lassen Sie sich bitte unter der Mail-Adresse www. wirelesscommunication.com/bxa398supercomfort_neu4-2002 registrieren, damit

Schwartenköhler im Rehhagel-Wahn.

wir Ihnen Ihren persönlichen Zugangscode, Ihr Passwort und das aktuelle Upgrade zuschicken können."

Eine ganz normale Bedienungsanleitung aus der Abteilung für psychologische Kriegführung eines Elektronikherstellers. In schlichter Prosa handelt es sich um nichts Bedeutenderes als ein schnurloses Telefon. Das kann man natürlich nicht einfach in die TA.2a/b Komfort (Analogwandler) der Telekom reinfriemeln (was natürlich auch nur funktioniert, wenn das ISDN-Endgerät, in Telekom-Deutsch NTBA, entsprechend mit den Rufnummern initialisiert wurde). Oh nein, das bxa 398 will ja seinerseits erst mal initialisiert werden. Wobei das Zauberwort „initialisieren" heißt, dass werkseitig wichtige Einstellungen unterblieben, um sie dem Kunden aufs Auge zu drücken.

Warum machen diese bösen Menschen so was?, fragen wir uns wieder einmal, wenn wir das 130 Seiten starke „Manual" interesselos durchstreifen. Um uns in die Registrierungsfalle zu locken! Denn nur dort erfahren wir die wichtigen Daten, die zur Inbetriebnahme führen. Warum man sich allerdings für jedes pissige Elektronikgerät registrieren lassen soll, eine Uzi aber auf jedem Schulhof kaufen kann, blieb uns bisher verborgen. Doch nur so lange, bis wir die entsprechende Seite im Internet öffnen und uns ein sechsseitiges Formular entgegendreistet. Darin wird minutiös unser Persönlichkeitsprofil in Relevanz zu unseren Kaufgewohnheiten abgefragt („Haben Sie elektrisch unterstützten Geschlechtsverkehr und welche Geräte bevorzugen Sie dabei?"). Passwort, Code und sonstiger Reinkomm-Blödsinn wird nur dem zum Lohne gewährt, der alle roten Felder ausgefüllt hat. Und warum das alles? Um uns in den Genuss des aktuellen Upgrades gelangen zu lassen. Will heißen: Die gekaufte Krücke lag veraltet im Regal und wird erst beim und vom Kunden in ein funktionierendes Gerät verwandelt. Über die sich anschließenden Hürden nach vollzogener Registrierung und Initialisierung schweigt der Chronist an dieser Stelle, nur so viel sei verraten: Auf Seite 5 des Manuals lauert ein „Menübaum des bxa 398“ mit über sechzig einstellbaren Funktionen. Die Frage, die uns hier allein beschäftigt, lautet schlicht: Wann wurde, von der Menschheit unbemerkt, der Zenit der technischen Entwicklung überschritten? Wo lag diese zivilisatorische Wasserscheide, ab der alle Weiterentwicklungen nur noch in Richtung Wahnsinn führen? Wann muss ich mich als User meines Toasters registrieren lassen? Wann brauch ich drei Tage Urlaub, um mein Fernsprechendgerät zu installieren? Gibt es noch Hoffnung?

Kann man nix gegen machen

Männlicher Hang zu jungen Dingern

„Sex findet sowieso im Kopf statt!“ Sicher, und die Willensbildung des Volkes in den Parteien. Wenn die begehbare Hülle des Weibes in die Endphase ihrer Attraktivität eintritt, so ist dies der meistgehörte Satz aus ihrem Mund. Ihr Mann, nein, der schielt nicht den jungen Füllen nach. Weil – und jetzt kommts noch doller – mit denen habe man ja keine gemeinsamen Themen. Hamwer gelacht! Auch Mister Supertreu schaltet sein U-Boot sofort auf Rotlicht, wenn attraktive Beute naht. Was ihn davon abhält, sofort den Torpedo auszufahren, sind mitnichten die fehlenden „gemeinsamen Themen“, sondern erstens der Unwillen im Jungfleischsektor und zweitens der stärkste Trieb des Mannes: bräsige Gemütlichkeit. Von seinem Ehegerät könnte ihn schon der leiseste Auslösereiz fortlocken, doch von der häuslichen Pils-

Rezeption am TV-Gerät – da bedarf es schon eines Orkans in der Prostata. Blöderweise leben Weib und Pils im selben Haushalt und das eine ist nicht ohne die andere zu haben. Somit wird der alte Hahn zum Kapaun und lebt an der Seite seiner welken Legehenne friedlich dem Ende entgegen.

Wenn jedoch der häusliche Faltenwurf die Basics männlicher Lebenserwartung nicht mehr garantiert und sich zum nörgelnden Walkie-Talkie entwickelt, dann schweifen nicht nur die Blicke über den ehelichen Beckenrand, sondern der Schweif selber. „Er hat sich eine Jüngere genommen", lautet dann das nächste Missverständnis männlichen Verhaltens. Was sonst, er ist ja nicht völlig bekloppt, aber das Alter spielt nur eine Nebenrolle. Männer wechseln die Frau ausschließlich in Richtung vermuteter Toleranz ihren eigenen Schrullen gegenüber. Nun hat die Natur es erfreulicherweise so eingerichtet, dass knackige Körper und naive Gemüter oft dieselbe Besitzerin haben. Ein Trottel, wer da nicht zugreifen würde, sobald sich die Gelegenheit bietet. Müßig zu bemerken, dass auch dieses Gespann dem Wärmetod entgegenwelkt. Aber immerhin gab es ein paar Jahre, in denen der Sex nicht im Kopf, sondern im Bett stattfand.

Die Entdeckung der Langsamkeit

Straßen

Wenn man durchs Land der Bekloppten fährt, könnte man annehmen, sämtlicher Bestand deutscher Restkinder würde ausnahmslos an Durchgangsstraßen aufgezogen. Überall hängen krakelige Schilder, auf denen in Fingerfarben vor kreuzenden Bälgern gewarnt wird. In Wahrheit haben die Anwohner natürlich gar keine Kinder, sondern lediglich kein Zeichentalent und einen Rochus auf den fließenden Verkehr. Wenn die Krickelkrackelnummer nicht zieht, wird schwereres Geschütz in die Fahrbahn geschoben: Blumenkübel, Bodenwellen, Pflasterkissen und verwandte Spoilerkiller. Das allerdings ist den verarmten Kommunen mittlerweile zu teuer, und nun reicht das Schild „30-km-Zone". Bravo! Da zeigt sich endlich wieder die ganze Erbärmlichkeit des deutschen Charakters. In Großbritannien steht auf den Schildern „Drive slowly". Da traut man den Bürgern immerhin zu, selbst einschätzen zu können, was „slowly" ist und was zu „fast". Auf diese Weise als Mensch ernst genommen, ist der Brite dann auch eher gewillt, sich danach zu richten. Im Reich der kleinkarierten Untertanen dagegen lauert der Grünweiße mit der Laserpistole hinterm Blumenkübel und wenn man mit 33,5 durch das Dreckskaff bügelt, muss die Geldkatze bluten und es gibt Strafpunkte, ab 50 ist sogar der Lappen weg.

Richtigerweise vermutet der Verkehrsteilnehmer ohnehin in jedem zweiten 30-km-Schild eine Schikane, die allein dem Stadtsäckel zur Gesundung verhelfen soll. Was macht er also? Wenn keiner guckt oder die Schmiere Büroschluss hat, fährt er mit 100 durchs Land der Langsamkeit und freut sich über den geglückten Bubenstreich. Andere kreischen im ersten Gang mit 30 durch die Slalomstrecke, um wenigstens die dreisten Ego-Anrainer mit ausreichend Lärm und Abgasen zu versorgen. Und wieder hat eine deutsche Reglementierung ihr typisch deutsches Ziel erreicht: Alle sind genervt und gebracht hats nichts. Außer, dass das Beharrungsvermögen in Doofmannsland wieder einen Teilsieg davontrug.

Ein schönes neues Wort gibt es auch schon für die Bundesgartenschau auf Durchgangsstraßen: Entschleunigung. Und da wären wir auch endlich beim Schönreden des Staatsbankrotts angelangt: Sind kaputte Straßen nicht irgendwo auch ein ökologisches Signal für die Entschleunigung der Republik? Sicherlich! Und wenn ich mit 30 km/h frontal gegen ein Windkraftwerk fahre, ist das doch auch ein viel schönerer Tod, oder etwa nicht?

Talente, die besser ungehoben blieben

Varieteekünstler

Die eine ist sprachbegabt und parliert in vielen Zungen, der andere kann mit Buchstaben rechnen und wird zum Informatikgenie. Doch wozu lernt jemand Jonglieren, Steppen oder Kartentricks? Diese Fähigkeiten sind nicht nur überflüssig, sondern nerven die gesamte Weltbevölkerung. Einst gehörte auch das Beherrschen der Wandergitarre zu den höchst unerwünschten Talenten in der Öffentlichkeit. Brannte irgendwo auch nur ein Streichholz nieder, schon fand sich ein „Blowing-in-the-wind"-Blödmann, um es zu besingen.

Heute bleiben diese Lästlinge auf unterirdische Verkehrsmittel und Fußgängerzonen beschränkt. Die Jongleure und Kartentrickbekloppten allerdings verseuchen die Kultur sogar noch gegen Eintrittsgeld. Die Kleinkunstbühnen der Republik sind voll von Apfelsinenschmeißern und Luftballonknotern. Und wenns ganz hart kommt, wird gesteppt, oder eine angejahrte Tunte macht den Mund nach den Frontliedern von Zarah Leander auf und zu. Warum geben sich Menschen

Christopher-Street-Day in Hannover.

so viel Mühe, um dermaßen uncoole Scheiße vorzuführen? Der Verdacht liegt nahe, dass es noch größere Trantüten gibt, die so was gut finden und bereit sind, dafür zu zahlen. Eine Frau wird zersägt, eine andere schwebt, ein Kälberstrick steht in der Luft und tatsächlich, es war die Herzdame, die der Verblüffte aus dem eigenen Arsch herauszieht. Toll! Wer hätte das mal wieder gedacht? Noch schlimmer wirds, wenn Frauen mit Musical-Ambitionen sich mangels anderweitigem Engagement ins heitere Fach begeben. Der mittelmäßige Witz ist dann nur Vorwand, um dauernd in neue Gewänder zu springen und abgehangenes Liedgut zu tremolieren. Das Publikum ist selber schuld. Denn im Land des Facharbeiterbriefes gilt in der Zuschauergunst lediglich der etwas, der mehr kann als nur witzig sein. So darf der Name Helge Schneider nie genannt werden, ohne darauf hinzuweisen, dass es sich dabei zusätzlich um einen exzellenten Jazzmusiker handelt. Ich könnte kotzen. In Deutschland wird ein Witz erst dann akzeptiert, wenn er mit einer handwerklichen, meist überflüssigen bis ätzenden Nebenfähigkeit vorgeführt wird: Klavierklimpern, Jonglieren, bunte Klamotten tragen. Der Wischmeyer … is ja ’n bisschen hart und, äh, fäkal, aber ordnungsgemäß sauber formuliert, das muss man ihm lassen. Ich dir machen, hahaha! Kacke, Arsch, hahaha, du Dreck, hahahahaha!

Herpes, Warzen und …

Verwandte

Jeder hat sie, keiner braucht sie! Das Überbleibsel aus einer früheren Kulturstufe der Menschheit ist noch heute der Schrecken versauter

Sonntagnachmittage und abendlicher Horrorveranstaltungen: die so genannten Familienfeiern. Wie zu Zeiten der Mammutjäger trifft sich die versippte Horde am toten Tier und schlägt sich die Wampe voll. Da bei dem Gelage am Genpool außer Fressen keine Gemeinsamkeiten vorhanden sind, erstreckt sich die Völlerei über Stunden. Von der Hochzeitssuppe bis zur Herrencreme vergeht leicht ein halber Tag und zwischen den Gängen hört man sich das Geseire fremder Trottel an, die sich als Onkel Bergepanz und Tante Leidegeil vorstellen.
Erst wenn man mal in einer fremden Familie zum Verwandtenauftrieb geladen wurde, fällt einem auf, dass die Sippschaften sich alle gleichen. Überall gibt es die uralte Knitterfratze, vorzugsweise auf den Namen Tante Mariechen hörend, überall den öligen Onkel mit den schlüpfrigen Witzen, ein halbes Dutzend schlachtreifer Hausfrauen und jede Menge mehr oder minder missratener Gören. Die ganze Horde ist komplett austauschbar, ja, man möchte meinen, „Verwandter" sei ein eigenständiger Seitentrieb in der Menschwerdung. Die Freunde, die Leute auf der Straße, sie sehen alle anders aus. Nur Verwandte benehmen sich so bescheuert, lachen zu oft über jeden Scheiß und haben komische Frisuren. Ihre Treffen sind einem so fremd wie die Saturnalien der polynesischen Urbevölkerung. Kaum mag man sich vorstellen, dass diese Figuren auch noch ein Leben außerhalb des Verwandtendaseins haben. Man sieht sie von einem Kaffeetrinken zum nächsten, von einem 70. Geburtstag zur Goldenen Hochzeit wanken, dazwischen nichts als ereignisloses Warten auf die Trottelshow des kommenden Wochenendes.
Nun ist dennoch anzunehmen, dass auch diese Menschen irgendwo normale Restexistenzen unterhalten. Was treibt sie dann dazu, ihre Zeit im Kreise der Genkumpels zu verplempern? Wird man das ar-

chaische Zusammengehörigkeitsgefühl mit der Sippe niemals los? Selbst abgefeimte Großstadtsingles stehlen sich mehrfach im Jahr in die Kleinstädte ihrer Aufzuchtjahre und lauschen dem Zischeln der locker sitzenden Gebisse. Wer weiß, so murmelt es im Hirn des coolen Art-Directors, vielleicht ist Blut doch dicker als Wasser. Und wenn die schmale Kohle erst aus Nürnberg kommt oder gar vom Sozialamt, dann hast du keine Freunde mehr, keine lustigen Arbeitskollegen und niemand lädt dich noch zum Saufen ein. Dann sind da nur noch Onkel Bergepanz, Tante Leidegeil und dieses Monster, das aussieht wie Leni Riefenstahl am Vormittag. Besser man hält sich die Sippschaft warm in diesen unsicheren Zeiten, schon morgen kannst du auf sie angewiesen sein.

Wanderpokale der Mittelschicht

Hab ich selbst gemacht!

Der Grieche, dem die internationale Küche ja vieles verdankt, was nur unter Mühen die Brechreiz-Selbstkontrolle der Gurgel passiert, hat uns auch die Marmelade beschert. Ursprünglich war sie ein mit Honig eingedicktes Quittenmus, heute ist keine Gartenfrucht davor gefeit, mit Rübenzucker vermählt ins Marmeladenglas zu wandern. Birnen, Erdbeeren, Rasenschnitt: Wenn Mama erst mal loslegt, wird der halbe Garten eingekocht. Doch wohin damit? Der Bedarf an süßem Brotaufstrich ist noch durch die Vorjahresproduktion bis weit ins nächste Dezennium hinein gedeckt. Jetzt wird das Marmeladenglas zum Wanderpokal. „Hab ich selbst gemacht“, heißt es dann ganz stolz, wenn einem als Mitbringsel statt der üblichen Pulle Alkohol ein klebriges Glas mit quietschsüßem Wagenschmier in die Hand gedrückt wird. „Stachelbeer-Kürbis 1998" entziffert der Gastgeber angewidert das Kuli-Gekrickel auf dem Selbstklebeetikett – und stellt den Castor-Behälter hausfraulicher Selbstverwirklichung neben den Restmüllsack. Spätestens aber wenn eine Vorladung zum Abendmahl droht, erinnert man sich der Fruchtpampe im wiederverwendeten Oil-of-Olaz-Behältnis. Mit schnellem Edding-Strich wird aus der Erstzulassung 1998 ein hoffnungsfrohes 2004 und aus der Ekel-Kombi Stachelbeer-Kürbis ein gourmetverdächtiges Passionsfruchtgelee. Da man absolut sicher sein kann, dass niemand das Zeug jemals fressen wird, muss nur die Farbe halbwegs glaubwürdig erscheinen. Noch Jahre später, wenn sich unterm Plastikgesims des Deckels bereits der zarte Flaum von Aspergillus breit gemacht hat, hört man immer noch das stolze „Hab ich selbst gemacht" beim Überreichen der gezuckerten Moderfrucht. Die Marmelade ist ein Stück Erinnerung an eine Zeit, in der Mutter noch zu Hause wirkte, die Lebensmittel noch im Garten wuchsen und überhaupt alles ganz puschelig war. Sie ist längst zum Symbol althergebrachter, wertvoller Ernährung geworden – nur essen mag die Pampe niemand. So wandern denn die Gläser mit den Kuli-Etiketten im Laufe der Jahre von einem zum andern, stets begleitet vom stolzen Spruch: „Hab ich selbst gemacht!" Ich hingegen würde mich freuen, überreichte mir jemand mal einen Kotelettstrang mit den Worten: „Hab ich selbst gekillt, das Schwein." Aber da, wo die Ursprünglichkeit etwas eklig wird, schreckt der moderne Mensch vor der guten alten Zeit zurück.

Wenn fremde Texte angreifen

Halts Maul

Die höflichste Form der Kommunikation, die der Mensch je erdacht hat, ist das Morsen: keine Dialekte, kein Gelaber, keine Klingeltöne, eben was für gediegene Gentlemen. Jede andere Form ist mehr oder minder eine Belästigung oder Vergewaltigung. Am schlimmsten, weil am häufigsten, ist das alltägliche Geseire. Ohne jedwede Funkdisziplin fängt das Gegenüber aus dem Nichts heraus an zu brabbeln. Ein Gespräch unter zivilisierten Menschen klingt dagegen so: „An Mitbewohner. Kommen. Hallo, hallo, ich habe einen Spruch für dich, möchtest du ihn hören? Ende. Kommen." – „An Gaby, Kommen. Nein. Kommen und Aus." Die Realität hört sich leider etwas anders an. Wie U-96 aus den Fluten des Atlantik taucht plötzlich ein Mensch vor dir auf und schießt dir seinen Laber-Torpedo in die Flanke: „Kommst du jetzt mit zu Juttas Geburtstag oder hast du das etwa auch schon wieder vergessen wie die Socken neulich im Bad?" Eine interessante Textmitteilung allzumal, doch gebricht es ihr an jeglicher Funkdisziplin.

1. Wer sagt überhaupt, dass ich auf Empfang bin?
2. Wer ist Jutta?
3. Will ich wissen, wer Jutta ist?
4. Wieso Geburtstag?
5. Wieso ich dahin?
6. Was für Socken?
7. Wann neulich?
8. Wieso nicht?
9. Was hat das eine mit dem anderen zu tun?

10. Woher rührt die Unterstellung, dass der abgesetzte Spruch für den Adressaten in diesem Augenblick von Interesse sein könnte?

Ja, und weil man weder Zeit noch Lust hat, diese Gesprächsanalyse am lebenden Material vorzunehmen, folgt deren vulgäre Kurzform: „Halts Maul!“ Entgegen landläufiger Ansicht ist es nicht unhöflich, zu jemandem „Halts Maul“ zu sagen, es ist schlimmstenfalls schroff. Unhöflich ist es vielmehr, anderen Menschen, ohne um Erlaubnis zu fragen, selbst geformte Textbausteine an den Brägen zu schleudern, die diesen dann zur schroffen Notwehrreaktion zwingen. „Halts Maul!“ Doch was passiert, ist just das Gegenteil. Der eindeutig formulierte Wunsch nach sofortigem Abbruch der Textentgegennahme provoziert einen fäkalienhaften Auswurf an neuerlichen und noch uninteressanteren Texten, als jenen mit der Hauptperson Jutta: „Aha, das willst du nicht hören, du arrogantes Stück Scheiße, wie du überhaupt nie jemals einen Fehler eingestehen kannst und dir die Gefühle anderer …“
Und so weiter. Wer jetzt keine Heckler & Koch zur Hand hat, für den ist der Abend gelaufen.

Wir erinnern uns

Heißer Sommer

Wenn der Schinkengriller eisig kalt direkt aus der Folie gelutscht wird, wenn das Weizenbier nicht mehr in den Schlund, sondern ohne Umweg in die Unterhose pladdert, wenn Mama wie ein gestrandeter Buckelwal hinterm Sichtschutzelement verröchelt – ja, dann ist es irgend-

wie zu warm in Deutschland. Hitze schön und gut, aber da fährt man hin, die rückt einem nicht auf die Bude – unverschämte Natur.
Deutsch sein heißt, Wetter in jeder Form grundsätzlich Scheiße zu finden. Gießt und nieselt es im Sommer, grillt der Teutone aus Verdruss den Schweinenacken auf den Heizungsrippen und jammert tagaus, tagein, dass er um den tariflich zugesicherten Sonnenbrand betrogen wird. Brüllt Helios aber vom Firmament, als gelte es den Wüstenfuchs hier heimisch werden zu lassen, ists dem Jammer-Germanen auch nicht recht.
Nur den Gartenmolch, den freuts. Fettwampig steht er vor der Rabatte und ejakuliert mit dem Gardena-Pimmel auf die Baumarkt-Margeriten. Wie die Rüden im fremden Revier pissen sie an jeden Baum und Männer ohne Schläuche in der Hand sieht man nur noch außerhalb des Jägerzauns. Jetzt erst hat der deutsche Mann seine Liebe zur Pflanze entdeckt, denn jetzt braucht sie seine Hilfe. Ewig war ihm das Grünzeug nur suspekt, wie es so aus sich heraus zurechtkam in dieser Welt und von zarter Frauenhand betüdelt am besten wuchs. Doch nun, wo der Feind am Himmel steht, da braucht es einen Mann, um das weibische Gartengrün zu beschützen. Die Gardena-Wumme im Anschlag, behütet der Vorgarten-Landser sein Volk vor der Asylantenhitze. Jetzt, da dem Grün mit technischen Mitteln beigesprungen werden kann, entdeckt Papa seine Liebe zum Chlorophyll. Doch wehe, es regnet wieder und der Rasen lebt von alleine weiter, dann sattelt Papa seinen Aufsitz-Bronco und säbelt den jungen Trieben die Köppe ab.

Gegen die Todessehnsucht der Brut

Kindersicherungen

Was treiben eigentlich die süßen Kleinen so den lieben langen Tag? Sie ertränken sich in Zierteichen, nehmen einen ordentlichen Schluck aus der Domestospulle und stochern mit dem fünfzölligen Nagel in der Steckerleiste herum. Wenn das immer noch nicht reicht, um das Ableben zu beschleunigen, reißen sie bei voller Fahrt in Mamis Auto hinten links den Schlag auf und schmeißen sich in den Gegenverkehr.

So sähe es aus, das abenteuerliche Leben der Infanten, gäbe es nicht an allen erdenklichen Ecken und Öffnungen unserer Zivilisation eine Kindersicherung. Will der Gruftzwerg die heiße Suppe von der Ceranplatte fingern, um sich mal ordentlich die Fontanelle zu verbrühen, steht ihm das Herdgitter im Wege. Will er sich von der Treppe hinunter auf die Ebene Null des Reihenhauses stürzen, verwehrt ihm ein Ikea-Gatter den Rausch des freien Falls. Die Kuschel-Gesellschaft zeichnet sich ja dadurch aus, dass sie alle Maßstäbe stets am geistigen Vermögen des größten denkbaren Idioten ausrichtet. Deshalb haben wir eine Promillegrenze, da sonst die Torfköppe dauernd hackebreit gegen das Straßenbegleitgrün brettern würden; deshalb steht an Kaffeepappbechern geschrieben „Achtung, heiß! Verbrühungsgefahr", denn sonst sengten sich die Hirnis hastenichgesehen die Pelle von den Knochen. Wenn also schon die so genannten Erwachsenen stets vor allerlei Unbill gewarnt und behütet werden müssen, um halbwegs am Leben zu bleiben, wundert es kaum, dass der Cordon sanitaire das Kleinkind richtig in Watte wickelt.

Seis drum, die Pimpfe sind tatsächlich ein bisschen zu ungelenk und Mami und Papi gucken auch lieber Fernsehen, als ein wachsames Auge auf den Nachwuchs zu verschwenden.

Deutsche Standfestigkeit: „Ist mir doch egal, wo der Engländer das Lenkrad hinbaut."

Doch wer leidet unter all dem Behütungswahn? Die letzten vernunftbegabten Erwachsenen dieser Erde und der Fischreiher. Letzterer kann nicht im Zierteich räubern, da das Zwergenschutznetz ihm den illegalen Verzehr verbaut und wir sind sowieso die Doofen. An der Pulle für den Pinselreiniger brechen wir uns fast die Gräten, da die Kindersicherung wieder einmal klemmt. Der schwächliche Eurostecker schafft es nicht, die Sicherungshürde in der Schukoleiste zu überwinden. Gefangen sitzen wir im Fond des Pkw, weil die Fötusverriegelung sich nicht öffnen lässt. Alles schön und gut! Da aber höchstens 20% aller deutschen Haushalte ein Kleinkind führen, darf doch vielleicht mal angefragt werden, ob es nicht möglich wäre, für die $^4/_5$-Minderheit noch ganz normale Pullen und Steckdosen herzustellen, bevor die Welt komplett verboten wird, weil sie schlussendlich ja zum Tode führt.

Komplett überschätzt

Kino, Kino

Wenn einen die Menschenfreude mal wieder überwältigt und man die gesamte Welt umarmen möchte, dann empfiehlt sich als Heilmittel der Besuch im Kino. Dort darf man einen kompletten Abend mit Hunderten von Arschlöchern in einem geschlossenen Raum bei völliger Dunkelheit verbringen. Juchheirassa! Selten, aber es kommt immerhin vor, werden in dem Kabuff auch noch gute Filme gezeigt. Dann ist es die Hölle! Nirgends wird der ursprüngliche Gedanke des Kinos so mit Füßen getreten wie im Kino selbst. Keine Chance, in die Illusionswelt auf der Leinwand abzutauchen, wenn sich ringsum ein Festival der

Sinne zuträgt: Es stinkt nach Popcorn, dauernd purzeln Bierflaschen durch die Reihen, Chipstüten werden aufgerissen und plötzlich knipst ein Pissetrinker die Lampen an, um Eis zu verbimmeln. Erst jetzt, bei vollem Büchsenlicht, erkennt man, in welch asoziale Gesellschaft man hier gelangt ist. Alle fressen irgendwas und sabbeln laut vor sich hin. Die Ekeligsten haben ihre beschuhten Füße auf die Polster des Vordersitzes gestemmt. Manche sind mit dem Fahrrad durch den Regen gekommen und lüften ihren Poncho direkt vor Ort: Der Geruch von nassem Hund mischt sich unter den Gestank verbrannten Hühnerfutters. Wann macht die Trulla mit dem Bauchladen endlich das Licht wieder aus, damit man sich die Bagage nicht mehr ansehen muss? Noch 20 Minuten bis zum Filmbeginn. Bis dahin tausend Jahre Werbung und dämliche Trailer für richtige Scheißfilme. Nach insgesamt einer Dreiviertelstunde Unterhaltungshaft beginnt endlich der Anlass des Besuches. Das Licht erlischt zur Gänze, man lehnt sich zurück um sich ganz auf den Film zu konzentrieren. Da durchbricht der Strahl einer Taschenlampe das Dunkel: Zuspätkommer werden auf ihre Plätze mitten zwischen allen anderen gelotst, dabei fallen acht Bierpullen um und ein neuer Schwall Nasser-Parka-Geruch legt sich übers Auditorium. Noch bevor der letzte Samurai sein Schwert gezückt hat, wünscht man es sich schon zur Hand. Vollgesogen mit frischem Hass auf die Mitmenschen, freut man sich über jeden Toten auf der Leinwand.

Der Film ist vorbei, das Licht geht an. Ach du grüne Scheiße: Aus dem plüschigen Kinosaal ist binnen zweier Stunden eine Müllhalde geworden. Über der Abfallorgie schwebt eine Wolke aus Lungenfürzen, der wir widerstrebend unsere Atemluft entnehmen.

Nichts wie raus aus dem Klaustrophobenloch! Doch Pech gehabt: Neben uns hockt ein Trupp Pseudo-Cineasten-Arschlöcher, der sich einen runterholt auf die dreitausend Namen des Abspanns. Endlich hat uns die Freiheit wieder. Acht Euro gezahlt für drei Stunden U-Haft unter abscheulichen Bedingungen. Da aber hatte der Herr ein Einsehen und schuf den DVD-Player!

Vorschlag zur Güte

Kontrollierte Sprengung

Alles, was wir im Geiste tun, kommt aus der gegenständlichen Welt: „Anschauliche Begriffe" sind solche, die man angucken und begrabbeln kann. Die sinnliche Eroberung der Umwelt ging der rationalen Verarbeitung stammesgeschichtlich voraus und noch heute bezieht unsere Sprache sämtliches Vokabular aus dieser Sphäre. Das Bauen und Formen, das Einreißen und Zusammenfügen mit den Händen ist die Mutter allen Denkens.

Genug der Einleitung, schauen wir uns doch mal den derzeit so populären Begriff der „Reform" an. Reformieren heißt ja wohl, unter Beibehaltung der Gesamtmasse dieser eine neue Gestalt zu verleihen. Ein Knetgummimännchen sieht nach der Reform aus wie eine Kugel, enthält aber immer noch genauso viel Knete wie vorher, eine Steuergesetzgebung nach der Reform also immer noch 60.000 Verordnungen, nur anders verteilt. Staatliche Subventionen reformieren, hieße, sie so zu kürzen, dass alle genauso viel kriegen wie vorher. Und exakt so sehen die Reformbemühungen der Politik auch aus.

Dem möchte ich mal das Bild der „Kontrollierten Sprengung" gegenüberstellen. Wenn ein Gebäude seinen Zweck nicht mehr erfüllt, ein

Fabrikschornstein etwa, so wird dieses nicht in Eigentumswohnungen umgebaut, sondern in die Luft gejagt – und zwar so, dass möglichst niemand in der Umgebung Schaden nimmt, das unnütze Teil aber auch verschwindet. Das ist doch eine tolle Sache. Nur durch kontrollierte Sprengungen ist Raum für Neues, aber Reformen manifestieren den alten Schrott in neuer Gestalt und führen irgendwann zur unkontrollierten Explosion. Ein anderes Beispiel: Die verheerenden Waldbrände in Kalifornien waren keine Naturkatastrophe, sondern das Ergebnis erfolgreicher Reformen in der Bekämpfung lokaler Kleinbrände. Nur weil über Jahre hinweg entfachtes Unterholz ständig gelöscht wurde, konnte sich dieser Riesenhaufen brennbaren Gerümpels in den Wäldern ansammeln. Auf die deutsche Gesellschaft übertragen hieße das: Jedes Reförmchen, mit dem lokale Brandherde gelöscht werden, bringt nicht nur nichts, sondern erhöht sogar die Gefahr der Katastrophe. Um das zu verstehen, braucht es demnach nicht eine Abwägung aller Interessen, wie es die Politik noch immer versucht, sondern ein komplett anderes Denken. Aber gerade dazu sind Politiker überhaupt nicht in der Lage. Sie rücken weiter aus mit ihren kleinen Löschtrupps, bekämpfen hier die „schlimmen“ Auswirkungen bei der Reduzierung der Pendlerpauschale oder retten dort den Lebensstandard der zu oft bemühten „Krankenschwester im Schichtdienst“. Da kann und wird natürlich nichts bei rauskommen. Allein schon der Ansatz, „eine Reform müsse ausgewogen“ sein, zeigt, wie weit entfernt – rein intellektuell – der regierende Beamtenapparat von einer wirksamen Veränderung dieser Gesellschaft zum Positiven sich befindet.

Jährlich fliegen zig Millionen Deutsche ins Ausland, über 99,9 % kommen wieder zurück. Wieso eigentlich?

Nicht nur in Flensburg

Punkte sammeln

„Sammeln Sie die Pupsi-Punkte?“, fragt mich die Verkäuferin an der Kasse. Sehe ich aus wie ein Fünfjähriger? Als Kind habe ich tatsächlich alle möglichen Punkte aus Nudelpackungen und Schokoriegeln gesammelt. Ja, ich habe sogar meine Mutter zum ständigen Kauf einer ätzenden Gebäcksorte genötigt, um die Knusperpunkte daran abzureißen. Für zweihundert Knusperpunkte gab es nämlich zwanzig Fußballerbilder (das Album dazu kostete 19,80 Mark, schöner Beschiss). Als Erwachsener, dachte ich bisher, ist man diesem juvenilen Eichhörnchentrieb entwöhnt. Von wegen! Das Meilensammeln im City-Shuttle gilt ja sogar unter leitenden Angestellten als besonders schick. Mit dem erflogenen Guthaben kann man dann kostengünstig die Gespielin zum Rammel-Weekend nach Paris entführen. Das mag ja noch angehen, aber in jeder Tankstelle, jedem Verbrauchermarkt und jetzt auch noch bei der Bahn ständig gefragt zu werden, ob man denn die Pupsis, Happy- oder Luckilucki-Punkte haben wolle, geht einem doch langsam auf die Nerven.

Der sonst devot schweigsame Friseur wollte mir beim letzten Fassonschnitt auch schon sein firmeneigenes Punkteheftchen aufnötigen. Da musste ich ihm leider bescheinigen, dass er gerade genau das Gegenteil erreicht hatte: nicht die Kundenbindung, sondern die endgültige Kundenverprellung. Ich habe weder Lust, zu Hause diverse Heftchen zu führen, um dort lustige Marken einzulecken, noch möchte ich, dass ein Warenhaus in seinem Computer ein Bewegungsprotokoll meiner Einkaufsgewohnheiten führt. Deshalb wird nicht „geswopt“ bei Esso und die Paybackkarte können sich auch alle angeschlossenen

Einzelhändler sonstwo reinstecken. Aus Rache für die blöde Infantilisierung des Warenverkehrs bin ich jetzt dazu übergegangen, eigene Punkte herauszugeben. Jeder Dienstleister, der brav ist, bekommt von mir einen Didi-Punkt. Der Postbote, wenn er pünktlich ist und keine Werbung in den Kasten stopft, der Kellner, der Polizist, der Zeuge Jehovas, der gar nicht erst kommt. Sie alle bekommen Didi-Punkte, die sie sich irgendwo hinkleben können. Wer zweihundert zusammenhat, der bekommt meine alten Fußballerbilder aus der Knuspersammlung. „Sammeln Sie Didi-Punkte“, fragte ich neulich die Politesse, die gerade einen Strafzettel für mich ausfüllen wollte. „Schade, denn sonst hätten Sie jetzt zehn Punkte bekommen können, wenn Sie den Kuli wieder einstecken.“ Und siehe, das Strafmandat war vergessen, selig strich das Abmahnweibchen die zehn Didi-Punkte ein und zog ab. Von diesem Erfolg angespornt, verteilte ich die wertlosen Zettelchen aufs Geratewohl an jeden, der mir rabattierungswürdig erschien: Busfahrer, Zugschaffner, zufällige Passanten, die ein freundliches Gesicht zeigten. Da ich nur eine Fußballbildersammlung habe, behauptete ich im Fortgange des Verteilmarathons, für schon zehn Didi-Punkte gäbe es bei allen Payback angeschlossenen Geschäften hundert Euro bar auf die Kralle. Harharhar! Wer Wind sät, wird Sturm ernten.

Arbeitslos als Event

Sabbatical

Den ganzen Tag im Jogginganzug zu Hause sitzen, zwischendurch das pansige Weib vermöbeln und den Zehnerträger Billigpils verklappen – so stellt sich der den Arbeitslosen vor, der selbst noch niemals ein solcher gewesen ist. Seitdem die laue Konjunktur auch die hippen Arbeitnehmer aus den Gehaltslisten fegt, bemühen sich die Betroffenen um ein Upgrading des pissigen Ansehens. Nicht „arbeitslos" oder SPD-deutsch „erwerbslos" sei man, sondern man nehme gerade sein „Sabbatical". Auch lungere man eben nicht wie Otto Normaldrückeberger besoffen am Altglascontainer herum, sondern laufe durch den Park und mache irre Erfahrungen: „Die Vögel, wie lange habe ich den Vögeln schon nicht mehr zugehört – du, das ist total intensiv." Während die erwerbslose Normalkrampe standesgemäß in Depressionen versinkt und ihre Tage auf den Fluren der Antragsfresser vergeudet, strauchelt der Sabbatical-Nehmer freizeittrunken durch den exotischen Alltag. Bisher buckelte er vierzehn Stunden am Tag in seiner IT-Klitsche, fraß dort sein Sushi aus der Pappe, vögelte am selben Ort, wen er fand und ging oft nicht mal zum Schlafen ins Appartement nach Hause. Doch dann traf auch ihn die Keule der Konjunktur und es galt, einen eleganten Sprachcode zu finden für das Loser-Dasein. Das „Sabbatjahr" bot sich an als feine Umschreibung fortwährender Beschäftigungsräude. Allerdings assoziiere man den Begriff doch zu sehr mit dem Lehrervolk, und so weit unten sei man eben als arbeitsloser Marketing-Hengst auch nun wieder nicht, dass man sich mit diesem trotteligen Pack gemein mache. „Sabbatical" hingegen ist amerikanisch und dadurch schon per se hip und positiv, genau wie „pink slip" eben viel mehr nach erotischer Unterwäsche klingt als „Kündigung". Allein das Wort aber macht es noch nicht, das Sabbatical muss auch entsprechend supercool gestaltet sein. Mal in eine Archäologie-Vorlesung reinschnuppern und gucken, wie die Glockenbecherleute so drauf waren. Obskure Vernissagen abklappern. Unterwasser-Tai-

Chi für Frauen. Oder eben den Vögeln „total intensiv" im Stadtpark lauschen. All das macht einen zum viel beneideten und akzeptierten Smalltalker in den alten Szene-Lounges. Wer will schon das Gejammere hören vom viel zu teuren Loft, das man nicht mehr halten kann, vom Saldo rückwärts auf dem Girokonto – nix da: Auch der Gestrauchelte unterliegt dem Terror des Glücklichseins. Kommt zur Arbeitslosigkeit noch eine Portion Psychomacke hinzu, ist man eben grade sehr „kreativ" und meldet sich schlussendlich ein letales Zipperlein am Horizont, was solls, dann erlebt man „Krankheit als Weg". So mündet das „kreative Sabbatical", wie es sein soll, im „lazy Sunday Afternoon" auf dem anonymen Urnenacker. Bravo, wieder einer weniger!

Ohne jeden Zuckerguss 1

Wie der Wessi den Ossi sieht

Auch heute, lange nach der Eingemeindung, blickt der Wessi auf den Ossi noch immer wie auf den armen Verwandten aus dem Tierreich – nur das überhebliche Wohlwollen ist verschwunden. Noch sagt es keiner öffentlich, aber insgeheim glaubt jeder: Die Stinker fressen uns die Haare vom Kopf. Sie plündern die Rentenkasse, treiben die Krankenversicherung in die Höhe und kassieren auch noch die meisten Zuschüsse vom Bund und aus Europa. Deutschland ist am Ende, weil die vorbildlichen Westdeutschen 17 Millionen Arschgeigen an der Backe haben. Ihr Hauptberuf ist ABM, in ihrer Freizeit sind sie Flutopfer und wenn sie nicht genauso viel Valuta kriegen für halb so viel Produktivität wie im Westen, fangen sie an zu streiken. Das ganze Land haben

sie 40 Jahre vergammeln lassen, und statt jetzt mal umsonst zu Hacke und Spaten zu greifen wie unsre 45, fliegen sie mit Billigbombern in die Domrep und verjuxen ihre Stütze. Eigentlich stände ihnen ein Lebensstandard wie hierzulande 1958 zu: Eine Hose zum Wechseln, Papa fährt mit dem Moped ins Zementwerk und geschissen wird auf halber Treppe. Aber nichts da: Der volkseigene Osteuropäer will genauso sein wie wir – nach fast 60 Jahren Knechterei auf dem Weltmarkt. Wie soll das gehen?
Doch es gibt ein Fünkchen Hoffnung für alle Wessis, die die Schnauze voll haben: Der Ideologieträger Nummer eins, das Fernsehen, bereitet durch seine Ostalgie-Märchensendungen die allmähliche Wiederverschließung der Mauer vor. War doch alles gar nicht so schlimm da drüben, zieht euch die lustigen blauen Hemden wieder an und den antifaschistischen Schutzwall wieder hoch. Schwuppdiwupp haben wir wieder eine mopsfidele BibaBundesrepublik und kommen euch auch mal besuchen, wenns nicht zu teuer ist.

Ohne jeden Zuckerguss 2

Wie der Ossi den Wessi sieht

Die längste Zeit haben sie uns verarscht, jetzt ist Schluss! Während die fetten Wessizecken Cappuccino gesoffen haben und mit ihrem Porsche durch die Welt geschiggert sind, mussten wir Russisch lernen und Altmetall sammeln. Jetzt sind wir mal dran mit Gutgehenlassen. Wir haben immerhin die einzige friedliche Revolution auf deutschem Boden gestemmt, ein Unrechtssystem mit eigenen Mitteln beseitigt. Ihr habt

Bei der Planung des Eigenheims hatte SIE sich durchgesetzt:
„Glaub ja nicht, dass ich dauernd Fenster putze!“

in der Fettlebe geschwelgt und euch von den Amis pampern lassen. Herausgekommen ist dabei eine sechzigmillionenfache große Fresse und nix dahinter. Ihr seid doch angeblich so schlau, dann macht uns doch mal Arbeitsplätze, ihr Super-Wessis. Wir sind ja klein und doof, wir können das nicht. Die besten Leute habt ihr 40 Jahre lang über die Mauer gelockt und danach kamen sie in noch größeren Scharen zu euch. DDR-Bürger haben mit ihrem Fleiß und ihrem Können die BRD aufgebaut. Heute, wo wir euch mal brauchen, wollt ihr nichts davon zurückgeben: Egoistische Dreckschweine, von Volkssolidarität wohl noch nichts gehört, was! Die Russen waren schon arrogant die ganzen Jahre über, aber die Wessis sind schlimmer – die laufen überall frei rum in unserer Republik, als ob 's ihre wäre, kaufen unsere Datschen am See und rauben unsere Frauen. Aber wir werdens euch schon zeigen: Bald kommen alle Porsches und BMWs aus den neuen Bundesländern und dann müsst ihr nach Leipzig oder Dresden fahren, um euern schicken Schlitten abzuholen, ihr arroganten Säcke. Und dann seht ihr, dass Dresden heute schon schöner ist als euer verschissenes Köln oder Hamburg. Und dann fahrt ihr durch unsere Biosphären-Reservate und Alleen, und wenn ihr dann wieder in eurer zersiedelten Pissgegend seid, müsst ihr kotzen. Ätsch! Wir sind die Zukunft, ihr seid eben die „alten Bundesländer“. Das klingt nicht nur nach Vorgestern, das ist auch so. Noch zehn Jahre Ost-West-Ausgleich und wir sind Kalifornien und ihr seid Oklahoma. Geschieht euch recht, ihr blöden Schlauberger!

Das wurde aber auch Zeit

Der Wesenstest für alle Ausländer

Sie leben oft seit mehreren Jahrzehnten unter uns, weigern sich aber beharrlich, die deutsche Kultur und Sprache anzunehmen. Jetzt ist Schluss! Berlins Ausländerbeauftragte Barbara John machte den Anfang und forderte obligatorische Sprachkurse für Türken und sonstige. Aber reicht das? Ich meine nicht!
Deshalb dieser Wesenstest für alle hier lebenden Ausländer, mit dem das eindeutige Bekenntnis zu unserer Kultur nachgewiesen werden kann:

1. Mindestens zwei Bratwürste essen pro Woche. Der Verzehr muss durch Haaranalyse nachgewiesen werden. Indische Computerspezialisten dürfen auf Antrag auch Currywürste essen.
2. Folgende Gegenstände müssen sich im ständigen Besitz befinden:
- Schlagbohrmaschine mit Wechselfutter
- Rasenkantenschere
- Hochdruckreiniger
- Kabeltrommel
3. Ständig auf sich zu tragen ist auch ein Ganzkörperfoto im Ballonseidenanzug, vierfarbig, wobei mindestens eine Farbe Lila zu sein hat.
4. Im Geltungsbereich des Grundgesetzes ist Schweinefleischpflicht.
5. Teilnahme an einem Bildungstest:

A. Mathematik:

Die Zahlen 05, 96, 1860 und 04 sind folgenden Städten zuzuordnen: Hannover, Mainz, Schalke, München.

B. Geografie:

In welchem Land liegen die Flüsse Maas und Memel?

C. Geschichte:

Welcher Ausländer hat es bis zum deutschen Kanzler geschafft?

D. Physik:

Aus welchen drei Bestandteilen besteht deutsches Bier?

E. Chemie:

Wer trainiert Bayer Leverkusen?

F. Zoologie:

Welches Auto ist das erfolgreichste aller Zeiten?

G. Religion:

Wie heißt das Buch mit dem Wort Gottes drin: Meran, Koran oder Kormoran? Achtung, hier genau überlegen! Fangfrage!

H. Allgemeinwissen:

- Welcher Ausländer spielte 1976 in der Bundesliga beim Spiel gegen den VfL Bochum in welchem Verein?
- Welche Schlüsselgröße gehört zu einer M6-Schraube?
- Was fängt Fischers Fritze? (gleichzeitig Phonetik-Test)

I. Musik:

- Olé, wir fah'n innen Puff nach … (Bitte ergänzen!)
- Oh du schöhöhöhöner Harz … (Was ist hier falsch?)

- Welcher Neger findet, dass ein bisschen Spaß sein muss?

J. Sprache:
- Was sind Blumento-Pferde?
- Bitte nachsprechen: Kaiserlich-königliche Donaudampfschifffahrtsgesellschaft! (drei Versuche)
- Bilde die erste Person Einzahl der starken Vergangenheitsform folgender Tätigkeitswörter: backen, fragen, heißen!
- Übersetze folgenden Vers in mindestens zwei ältere Sprachstufen des Deutschen (z.B. Mittelhochdeutsch, Altsächsisch oder Ostgotisch): Vor dem Re-Start des Rechners bitte die Preferencies trashen!

Wer alle Fragen richtig beantworten kann, wird Deutsch-Ausländer auf Probe und kann nach 10 Jahren die Daueraufenthaltsberechtigung Typ B beantragen – die gilt nur für die neuen Bundesländer. Neu ist, dass diese auch aberkannt werden kann. Folgende Umstände können sogar bei gebürtigen Deutschen zu einem Entzug des Personalausweises führen:

- Wiederholtes Anschaffen asiatischer Pkw.
- Verzehr von Döner Kebab oder Gyros, wenn in zumutbarer Entfernung auch Bratwürste angeboten werden.
- Reis als Beilage wählen in Kantinen oder Raststätten, wenn es auch Kartoffeln gibt.
- Dauernd auf der rechten Spur fahren auf Autobahnen.
- Sich in der Öffentlichkeit positiv über Holland äußern.
- Leute vorlassen an der Supermarktkasse.

- Spanisch sprechen auf Mallorca.

Wenn innerhalb eines Jahres mehr als drei dieser Umstände eintreten, wird der Personalausweis eingezogen und die frei werdende Stelle als Deutscher einem Ausländer übertragen – mitsamt Familiennamen, Ehegatten, Jägerzaun und Rasenkantenschere.

Unterm Rektum tut sich was

Moderne Notdurft

Je schlechter es einer Gesellschaft geht, desto aufwändiger wird öffentlich geschissen. In den Jahren des Wirtschaftswunders war die Bahnhofstoilette geradezu Inbegriff des Ekels: Ein bestialischer Ammoniakgestank schlug dem Besucher entgegen, in den Kotzellen hatten die Geschäftsleute Spuren einer Vollbremsung hinterlassen, die sich über Jahre hielten. Dafür war der Eintritt zum Abtritt mit zwo Groschen angenehm günstig und sicherte den kackenden Massen eine gehörige Portion Kaufkraft. Heute bei McClean werden 60 Cent aufgerufen nur fürs Wasserlassen, dafür blitzt aber auch das Kotgestühl und alle zwei Minuten wischt eine devote Schwarzhaut durch den Raum. Auch dem einfachen Arbeitnehmer ist es heute vergönnt zu stuhlen wie einst in Deutsch-Südwest, nur sauberer. Dafür sind 60 Cent wiederum nicht viel. Auch die Autobahnraststätte, einstiger Donnerbalken des Fernlastverkehrs, hat sich eine piekfeine Nasszelle zugelegt. Dort wacht vorzugsweise der Südeuropäer über den ordnungsgemäß abgelieferten Obolus. Mit 50 Cent ist man hier dabei und kann anhand eines Aushangs überprüfen, wann die Pissbude das letzte Mal gefeudelt wurde. Fehlt die Unterschrift, darf man den Prätorianer am Eingang selber zusammenscheißen oder kann sich vertrauensvoll an seinen Abschnittsbevollmächtigten wenden. So wird der öffentliche Schiss allmählich zum einzigen Vergnügen in einer allseits verrottenden Republik. Seitdem die gebeutelten Kommunen ihre unterirdischen Fäkalbunker privatisiert haben, sind auch dort aus schmuddeligen Strichertreffs formidable Hygienecenter geworden. Die ganze Entwicklung gibt einem zu denken: Eine Gesellschaft, die sich auf den Aftermarkt konzentriert, hat auf dem ersten Markt anscheinend nichts mehr zu bieten. Es ist ja schön, dass es dem Arsch immer besser geht in Deutschland, aber davon wird der Bauch nicht voll. Lieber nach 'ner anständigen Mahlzeit schlecht geschissen, als hungrig bei McClean ästhetisch wertvoll Wasser abgeschlagen.

Neuguinea gleich um die Ecke

Welt der Behörde

Wir freien Menschen, die wir eine Behörde nur von gelegentlichen Besuchen her kennen, haben überhaupt keine Ahnung, welcher Irrsinn dort die Regel ist. Damals, als der preußische Staat das Amt zu seiner klassischen Größe formte, herrschten dort die drei großen „A“: Auftrag, Ausführung, Anschiss.

Und damit keiner auf dumme Gedanken kam, wurde das Vegetieren auf der Schreibstube auch noch schlecht bezahlt. Bravo! Auch wenn es nicht wirklich der Effektivitätsknaller war, so hielten sich immerhin die Kosten in Grenzen. Auf den Ämtern dämmerten alte Kommissköppe dem Heldengrab entgegen und das Volk hatte weitgehend seine Ruhe. Seitdem aber der 68er die Behörde als innerdeutschen Toskana-Ersatz mit Pensionsberechtigung entdeckte, weht ein anderer Wind im Reich der Klarsichthüllen: Jetzt wird alles diskutiert, mit anderen abgestimmt, niemand darf sich übergangen fühlen und wer weiß, was bei der nächsten Sitzung herauskommt. Viereinhalb Millionen Figuren schleichen alltäglich durch die Flure und überlegen, was sie als Nächstes verhindern können. Arbeit ist Kraft mal Weg. Um also viel zu arbeiten, muss man einen der beiden Faktoren möglichst hochtreiben. Das Amt hat sich für den Weg entschieden. Leistung ist Arbeit durch Zeit. Wenn der Nenner gegen unendlich wächst, wird die Leistung winzig klein. Ziel erreicht! Wie bescheuert muss man eigentlich sein, um in diesem System Teile seines Wachzustandes zu verplempern? Trotz der unendlich zähen Abwicklung beherrscht eine Angst die Schleichkatzen auf dem Linoleum: Die Arbeit könnte weniger werden, die Aktenberge dahinschmelzen, das eigene Aufgabengebiet sich als genau die hohle Nuss erweisen, die es seit Anbeginn war. Deshalb entwickelt der Homo pollundris geradezu atemberaubende Effizienz, wenn es gilt, neue, noch irrsinnigere Betätigungsfelder zu erschließen. Und sind sie erst so weit diskutiert, dass auch möglichst viele Schleichkatzenrefugien davon profitieren, wirds Gesetz und Verordnung. Damit geht die geballte Macht dann dem Volkskörper an die Gurgel und würgt ihn, bis er das Japsen sein lässt. Doch irgendwann kommt der Tag, da ist die Kuh ausgemolken und viereinhalb Millionen Schleichkatzen müssen lernen, dass Geld verdienen und Gehalt beziehen zwei grundsätzlich verschiedene Dinge sind.

Es weihnachtet sehr

Wenn der Fundraiser zweimal klingelt

Die Haustür ist nicht länger ein Ort der menschlichen Begegnung. Noch vor Jahren klingelte allerlei Gelichter an den Hauseingängen: die Scherenschleifer, Zeugen Jehovas, entlassene JVA-Zöglinge, Schornsteinfeger, Gasableser oder Verkäufer mundgemalter Weihnachtsgrüße. Selbst Lebensversicherungen und Kapitalanlagen wurden mal eben zwischen Tür und Angel abgeschlossen. Mit der Einführung des Rücktrittsrechts von Haustürgeschäften brach der lukrative Markt des Übertölpel-Business allerdings zusammen. Davon betroffen ist auch ein Geschäftszweig, der sich dem Edlen und Guten verschrieben hat: die Spendensammler. Just zur trüben Weihnachtszeit, wenn der zirzensische Arbeitnehmer sein Lama wieder in die Einkaufszone treibt, beginnt auch der Abschöpfungsversuch auf den weihnachtlichen Zehnten des Wohlstandsbürgers.

Der Ehrenamtliche mit der Rasseldose an der Tür ist passé, auch die Postwurfsendung mit dem vorbereiteten Überweisungsträger ist von gestern. Ersterem wird nicht geöffnet, Letztere wandert sofort auf den Altpapierstapel. Der Zugang zu den Herzen des Mitleid-Endverbrauchers ist schwieriger geworden. Es gäbe aber auch so viel zu unterstützen: den Kampf gegen den Hunger in Afrika, die Blindenmission, Greenpeace, das Beamtenheimstättenwerk – überall tritt uns das Elend entgegen und vor lauter Opfern verlieren wir den Glauben an die Linderung der allgegenwärtigen Misere.

Was solls, sagt sich da das steinerne Herz und kauft sich lieber einen neuen DVD-Player. Das wissen natürlich auch die Spenden verarbeitenden Organisationen und setzen auf Professionalität: Der Fundraiser, ausgebildeter Diplomspendenwirt, rückt den kalten Herzen auf die Pelle. Über dem hartumkämpften Markt der Gebebereitschaft weht der kalte Hauch des Kapitalismus. Ohnehin schon abgeschottet gegen mitleidheischende Kindergesichter in den Zeitungen („das kommt sowieso nicht da an, wo 's hinsoll"), bietet sich dem Spendenmuffel hier ein neues Argument: „Ich lass mir doch nicht von Profis das Geld aus der Tasche ziehen." Es ist schon ein Unterschied, ob das betagte Mütterlein mit der Rasseldose vor der Tür steht und dem ertappten Gewissen keine Ausflucht mehr einfällt, oder ob der Fundraiser zweimal klingelt. Niemand hat ja Geld zu verschenken und jeder erwartet einen gewissen Gegenwert. Beim Mütterlein oder dem irgendwie Amputierten waren es die dankbaren Augen des mit Valuta Bedachten. Der Fundraiser hingegen verkauft Sinn, ein rares Gut in dieser Welt. Wer vor lauter überflüssigem Elektronikkrempel in der eigenen Wohnung dauernd auf die Fresse fliegt und nicht wirklich schon wieder eine teure Armbanduhr gebrauchen kann, der schenkt sich selber gern ein Stückchen Sinn zum Fest: die Brunnenbohrung in Südindien, das Patenkind im Sudan. Wichtig ist dabei vor allem die Überschaubarkeit des Angebots, dazu muss das Elend parzelliert oder personifiziert werden. In das große schwarze Loch der Bedürftigkeit wirft niemand gern sein Weihnachtsgeld und der anonyme Gesamtleidende ist auch keine gute Empfangsadresse. Den Profis im Sammelgeschäft obliegt demnach die Aufgabe, die rationale Schwelle des Nichtspendens zu untergraben, um direkt ins kalte Herz des Endverbrauchers vorzustoßen. Neben den klassischen Mitleidsbewerbern erscheint in diesem Jahr ein neuer Anbieter auf dem Markt der Mildtätigkeit: Gerhard Schröder, klammer Insolvenzverwalter aus Berlin. Noch droht er mit der Steuerkeule, doch je weiter sich das Fest der Liebe nähert, desto mehr wird er betteln müssen, dass ihm überhaupt noch jemand zuhört. Und ist das nicht ein viel größeres Geschenk, als noch mehr Geld, das eh nur wieder zum Fenster rausgeschleudert wird?

Schlecht kopierte Subkultur

Women on wheels

Guck mal einer an, denkt der eingefleischte Frauenhasser, „Women on Wheels": Da werden wieder Weiber aufs Rad geflochten wie einst im Mittelalter, is doch schön. Doch falsch, als „Women on wheels" bezeichnet sich eine Gruppe Andersgeschlechtlicher, die das geräderte Dasein als Sozia satt haben und nun selbst das Mopped lenken wollen. Dieser neuen Konsumergruppe verdanken wir die tiefer gelegte Sitzbank und das Motorrad zum Knuddeln, auch Softchopper genannt. Damit bummeln die Frauen auf Rädern durch die Landschaft und wenn am Horizont ein gelbes Rechteck auftaucht, das entfernt an ein Ortseingangsschild erinnert, fallen sie sofort in die 50-km/h-Starre. Überhaupt ist das strikte Befolgen der StVO heimliches Hobby der Bikerinnen. Männer rasen mit gestrecktem Mittelfinger auf Radarfallen zu, Frauen fürchten, dass sie sich nach ihnen umdreht und von hinten fotografiert. Männer überholen grundsätzlich jedes vierrädrige Fahrzeug, weil da sowieso nur Arschlöcher drinsitzen. Frauen fühlen sich stundenlang im Windschatten eines Treckers wohl und überholen nur, wenn im linken Schminkspiegel nichts als der weite Horizont erscheint. Warum fahren sie dann überhaupt Motorrad, es gibt doch jede Menge Twingos zum rumkutschieren? Der Grund liegt in

Heiner K. blickte aus seinem Badezimmerfenster und wusste, dass es Zeit war, die Tabletten zu nehmen.

der weiblichen Wahnvorstellung, dass überall dort, wo Männer bisher unter sich waren, geheime Paradiese locken. Deshalb werden junge Mädchen Polizisten, gehen zur Bundeswehr oder kaufen sich 'nen gebrauchten Radlader. Doch pardautz, is gar nich so toll, das vermeintliche Männerparadies: Kotze auf dem Rücksitz des Bullenautos, Scheiße fressen, wenn der Hauptfeld brüllt – alles gar nich so knuffig wie gedacht. Haha, aber das Motorradfahren, wenn da frau mal nicht wieder was vorenthalten wird vom Schwanz-Regime. Und schon schleicht das reife Weib zum Fahrschulfritzen, wirft ihm 2000 Euronen in den Schlund, kauft sich dann einen blitzeblanken Softchopper, ein knackiges Leder-Outfit sowie dreißig völlig unverständliche Straßenkarten und beginnt ihr Wochenenddasein als Woman on wheels. Doch statt ins verborgene Land maskuliner Lustbarkeit, tritt sie ein in die öde Welt des männlichen Penislängenvergleiches – und da is für sie kein Blumentopf zu gewinnen.

Das Glas ist immer halb leer

Die zweite Hälfte

Jedes Ding bis runter zum Atom hat zwei Hälften, die Ehe sogar eine bessere, die keine ist; beim Brötchen schmeckt nur die obere, im Leben nur die erste und ausschließlich im Fußball kann sich darin noch alles ändern. Die zweite Hälfte ist der beschissenere Teil vom Ganzen, hier muss man ausbaden, was man in der ersten angerichtet hat. Saufen, Quarzen, Penis in viele Menschen reinstecken und schon erlebt man seine zweite Lebenshälfte gar nicht mehr. Wobei das natürlich unlo-

gisch ist, denn ist das Dasein noch so kurz, jeder hat darin 'ne zweite Halbzeit, die Frage ist nur, wann sie beginnt. Im Gegensatz zum Fußball pfeift nämlich nicht irgendwann der Schiri und man weiß: Die eine Hälfte ist jetzt rum. Das Leben ist überhaupt weit weniger lustig als der Rasensport. Ist man mit 70 noch unentschieden, was aus einem werden soll, geht das Leben trotzdem nicht in die Verlängerung, sondern es beginnt gleich das Elfmeterschießen auf den Brustkasten: Herzi, Prostata, Bypass, Krebs und Diabetes – einer trifft immer. Zieht sich im Fußball die zweite Hälfte oft unendlich hin, gehts im Leben rasend schnell dem Abpfiff entgegen.
Auch das Kalenderjahr hält in den ersten sechs Monaten allerlei Hoffnungen bereit: Wirds ein heißer Sommer? Passiert was in der Politik außer blöd grinsen? Stirbt ein Promi, dem man es schon lange gegönnt hat? Wird endlich das Autobahnteilstück nach 20 Jahren fertig? Das sind die Hoffnungen zwischen Januar und der Jahresmitte. Am 30. Juni ist dann alles klar: Morgen beginnt die zweite Hälfte, darin passiert absolut nix mehr: Sommerpause, Etat ist schon verbraucht, lohnt sich eh nicht mehr, das Arschloch geht auch nicht tot ... Was solls: Der Rest zwischen Juli und Silvester wird nur noch runtergerissen. Das Jahr ist tot, es braucht bloß sechs Monate zum Krepieren. Jetzt fängt nichts Neues mehr an und das, was in der zweiten Jahreshälfte beginnt, steht unter einem schlechten Stern: die Beziehung zu Jutta, der zweite Weltkrieg. Und seitdem die Bälger nicht mehr zu Ostern eingeschult werden, bleiben sie ihr Leben lang doof.

Pubertät als Dauerzustand

Anti-Aging

Älter werden wollen alle, älter sein will dagegen niemand gern. Drum kämpft der demografisch gebeutelte Deutsche tapfer gegen Hängearsch und Hühnerhals, gegen Runzelface und Rheumaknie. Damit die Restaurierungsarbeit am körpereigenen Faltenwurf etwas schicker klingt, nennt sich dieses Hobby Anti-Aging. Zuerst denkt man dabei an Hitler, Stalin, Mao, Pol Pot und ähnliches Gelichter, das ja Anti-Aging für Millionen Menschen konsequent betrieben hat. Doch das ist gar nicht gemeint, eigentlich gehts nämlich um Pro-Aging, nur mit Verkaufslackierung. Älter werden, ohne dass mans sieht. Schon vor Jahren pfiff sich der Drittzahn zu dem Behufe Knoblauchpille und Ginsengwurzel rein. Mittlerweile kann man von der Vitaminüberdosis bis zum tibetischen Rattenembryoextrakt alles kaufen, von dem man sich ein paar zusätzliche Jährchen verspricht. Doch was will man mit der gewonnenen Lebenszeit, wenn die Performance schwächelt. Deshalb muss auch außenrum die Karkasse etwas aufgebügelt werden: Faltencreme und Fettabsauge, Euterlift und Pimmelsteife, alles erdenkliche wird unternommen, damit man mit 80 aussieht wie ein 20-jähriger Herointoter. Schöne Sache an sich, allein der Endlichkeit des irdischen Verweilens ist nur ein Aufschub abgetrotzt, und nicht mal ein erstrebenswerter. Bleibt noch die vorläufige Stilllegung der Biomaschine: Schweine hat man bereits in den Scheintod versetzt, und wenn die Kotelettpreise wieder anziehen, wird die Sau zu neuem Leben erweckt. So liebäugelt nun auch mancher Greis mit dem eignen Tod auf Zeit. Vier Jahre einfrieren lassen, bis die große Koalition überstanden, zehn Jahre, bis der blöde Gatte endlich tot ist, oder gleich ein halbes Jahrhundert, um der eigenen Brut gehässig bei deren Verwelken zuzuschauen. Diesem Gar-nicht-Aging mit dem Druck auf die Pausentaste des Lebens steht ein anderer Trend entgegen: das Happy-Aging. „Runzelfresse" – find ich gut, lautet deren Motto, und mit einem Liedchen auf den Lippen zittern die alten Knochen dem Grab entgegen. Für welches Aging man sich auch immer entscheidet, das Null-Aging vom Verstand gibts umsonst dazu. Um doof zu bleiben wie mit vierzehn, bedarf es keiner Faltencreme, die Runzeln auf der Großhirnrinde ziehen sich ganz von alleine glatt.

Kabbalistik des Mechatronikers

Auto kaputt

Irgendwas klappert an der Karre, beim Auskuppeln kommt ab und zu so ein knarzendes Geräusch. Der Mechatroniker steckt seinen Diagnosepimmel in die Buchse unterm Aschenbecher. „Ja, die ausgelesenen Daten sind völlig normal. Da müssten wir mal reingucken, kann sein, dass es nur 'ne ausgeschlagene Buchse ist, das ist ein Pfennigbetrag, also ca. achtzig Euronen." In Autowerkstätten hat die Währungsumstellung einen ganz eigenen gefühlten Umrechnungsfaktor erreicht. „Kann natürlich auch die ganze Kupplung sein, oder das Getriebe." Sicher, warum nicht gleich der Dachgepäckträger, kann doch alles sein, dafür geht man schließlich zum Fachmann. „Ich mach Ihnen mal 'nen Vorschlag, wir gucken mal rein und dann wissen wir mehr, isses nur die Buchse, da kommen schlappe hunnertzwanni auf Sie zu, plus

Stunden …" Sind jetzt schlappe 120 Euro gleich 80 Euro, oder wie läuft die Umrechnung und wie addiert man Valuta mit Zeiteinheiten? Ich wurde sofort aufgeklärt: „Dreieinhalb Stunden sind vierzwanzig plus Märchen, wenn wir nix finden, haben wir jedenfalls mal reingeguckt." Doch zwei Tage später hatten sie was gefunden, und mir fiel ein Stein vom Herzen, dass die 420 nicht vergebens waren. „Es war das Getriebe, ab nach Merseburg, das kommt in einem von 100 000 Fällen vor bei dem Modell." Mich überkam sofort ein gewisser Stolz, einer dieser Auserwählten zu sein. Und „Merseburg" bedeutete anscheinend im wirren Idiom des Mechatronikers nichts anderes als Schrott. „Neu kostet es ab Werk zweieinhalb, plus Bereitstellung, plus Überführung, plus Lagerkosten bei uns, ja, das wären dann übern Daumen schlappe vier." Wenn 80 Euro schlappe 120 sind, müssten nach dem ewig gültigen Gesetz des Dreisatzes schlappe vier 2666 sein, also billiger als der EK ab Werk. Sehr schnell stellte sich jedoch heraus, dass schlappe vier in Wahrheit harte fünf sind bei Licht besehen. „Ja und wenn wir schon mal alles aufhaben, dann würd ich die Kupplung auch gleich mit austauschen, wäre ja blöd, wenn Sie nächste Woche noch mal wiederkommen müssten, z. B. nur mal den Fall angenommen." Das wäre in der Tat voll bescheuert, also raus mit der alten Schlampe. „Ich sag mal, für übern Daumen anderthalb könnten wir Ihnen das machen." Geschenkt, da sollte man doch öfter mal zum Kupplungshoppen vorbeigucken. „So, am Freitag müssten wir dann alles soweit wieder zusammenhaben." Auf dem Nachhauseweg zu Fuß rechnete ich mal kurz durch: Schlappe vier macht fünf plus überndaumene anderthalb macht zwei plus Märchen gleich achttausendeinhundertzwanzig, oder schlappe neun, wie wir Insider sagen. Als ich den Wagen dann abholte, warens dann doch eher schlappe elf, denn ich Trottel hatte die ominösen eigenen Schmierstoffe und Kleinteile vergessen. Drei Wochen später knarzte es wieder beim Auskuppeln, aber diesmal war ich schlauer: Ab ins Internet mit der Karre. Weggegangen isser für schlappe sechs, also ehrlich gesagt für vier ohne Märchen.

Tanz um die Thermoskanne

Das Meeting

Menschen plappern dauernd in ihre Faselfunke, verschicken lustige E-Mails mit der Streubreite einer Splitterbombe und simsen sich die Griffel wund. Da könnte der naive Beobachter meinen, der Bedarf an Kommunikation sei gedeckt. Falsch geraten! Parallel zum Anstieg des elektrischen Geblubbers steigt das Bedürfnis nach leiblicher Gegenüberstellung, moderndeutsch „Meeting“ genannt. Damit Doofmanns PC- und Handy-Gehacke nicht intellektuell abkackt gegen das persönliche Gespräch, muss auch das Meeting sinn- und ergebnisneutral verlaufen. Man trifft sich irgendwo und irgendwann rund um etwas Gebäck und Thermoskaffee, jeder spritzt etwas Meinung ab, und dann rauschen alle mit dickem Kopp zurück in ihre Klause. Hängen bleibt stets der gleiche Eindruck: Das Treffen war komplett überflüssig. Nun weiß aber der Determinist, dass wenig auf dieser Welt ohne Zweck vonstatten geht. Demzufolge muss selbst das Meeting mehr sein als eine Séance des Absurden im Zeitalter des Wasserkopfs. Warum also rasen Menschen Hunderte von Kilometern über Autobahnen, setzen sich in Flugzeuge, nur um sorgsam ausgearbeitete Pläne dem Meinungsfeuer quer sitzender Fürze auszusetzen? Da hat eine Arbeitsgruppe wochenlang an einem Projekt gewerkelt oder eine Kampagne entwickelt und muss sie nun in einem Meeting einer Horde von Arschgeigen präsentieren. Die einen stehen hundertprozentig im Thema, haben jede Eventualität schon tausendmal durchdacht, die anderen haben von nix 'ne Ahnung – das ist das normale Szenario des Meetings. Und weil auch der Doofe sich nachher im Ergebnis wiederfinden will, stirbt jedes ambitionierte Projekt in der Quasselrunde den demokratischen Tod. Wer mal richtige Meeting-Scheiße sehen will, kann sich die Programme politscher Parteien durchlesen. Aber die Frage war ja, warum das Phänomen trotz seiner zerstörerischen Kraft gegen alles Neue, Kreative und Gewagte existiert. Ein Grund ist die Vorladungsmentalität der Chefs. Es sonnt sich jede herrschende Arschmade im Lichte ihrer Macht, Untergebene, wann immer sie will, heranzupfeifen. Der zweite Grund ist die Angst vor der eigenen Courage. Da suhlt man sich doch lieber im warmen Schlamm des Konsens, als allein das Maul aufzureißen. Und so hat das Meeting eine glänzende Zukunft vor sich, denn dort entspringt das Geblubber als Vortäuschung beabsichtigter Taten.

Digitaler Dienstleister

Der Computerschreck

Hip und cool ist es, im Computerbusiness aktiv zu sein, doch warum zieht dann ausgerechnet dieses Geschäftsfeld so viel Heckenpenner in seinen Bann? Will man etwa neue Software über den Internetshop eines großen Anbieters bestellen, so annonciert die Krampe vollmundig: in 24 Stunden lieferfertig, in fünf bis sieben Tagen ausgeliefert. Das ist ja toll, jeder Kleinstversand bei eBay schafft mir die Sore in spätestens 48 Stunden an die Haustür, wenn ich sie über E-Mail bestelle. Auf telefonische Nachfrage, woran's denn liege, das Rumgetrödel, antwortet der osteuropäische Callcenterinsasse: Am E-Mail läge es, über Telefon gings 'ne Prise rascher. Na hoppala, dem kommunikationstechnischen State-of-the-Art ist die Computerbranche also noch gar nicht gewachsen. Ein Oldtimer-Ersatzteil kann ich mir problemlos über E-Mail aus dem letzten Winkel der Erde ratzfatz ordern, aber wenn ich ein cooles Produkt der Moderne haben möchte, muss ich zum altehrwürdigen Fernsprechapparat greifen, damit die Heckenpenner im Softwarestore Gummi geben. Womöglich würde die Bestellung im Schnabel der Brieftaube den Vorgang nochmals beschleunigen. Wer sich selbst für die Leitindustrie des Planeten hält, dem scheinen die Niederungen des modernen Kundenservice zu schnöde, um sie zu optimieren. Eh schon wird Halbfertigware eingetütet, und was in der Automobilindustrie weltweiter Rückruf heißt, nennt sich bei den Weichwarenherstellern kostenloses Update. Wo so viel Arroganz und Unvermögen aufeinander treffen, siedelt sofort ein ganz bestimmter Schlag von Angestellten: dem Produkt abgöttisch zugetan, von sonst nix 'ne Ahnung. Wir kennen diese ideologischen Autisten bereits aus dem linken Plattenhandel, der Ökobäckerei, dem Radgeber-huharahar-Fahrradladen oder vom Bierzapferteam des Kulturprojekts: Linke Hände, bis der Arzt kommt, rechte Hirnhälften im Solobetrieb. Da fleht der Kunde ergebnislos den Herrn an ob so viel Unfähigkeit im Dienste des Kunden. Nachdem Vollkornbemme und Vaginalfurunkel vermeidende Damenfahrradsättel auch schon im Kaufhaus vertickt werden, siedelt der gemeine Kundenschreck jetzt im Computerladen. Zusammen mit dem Software-Trödelversand gibt er uns die Gewissheit, dass auch in Zeiten der Globalisierung alte deutsche Tugenden wie Patzigkeit und generelle Zublödheit ihren Raum im Geschäftsleben immer noch ausreichend finden.

Im Morgengrauen der Amtszeit

Die Kanzlerin

An einem nebligem Vormittag im November 2005 wählte der Deutsche Bundestag die Abgeordnete Angela Merkel zur ersten Kanzlerin: ein großer Schritt für das undurchsichtige Wesen aus der Uckermark, ein kleiner Schritt für das Land. Helmut Kohls Mädchen hat es also geschafft, den abgewirtschafteten Laden von der rot-grünen Spaß-Guerilla zu übernehmen. Immer wenn eine Regierung abdankt, weht ein kurzer Hauch der Hoffnung durch das Land. Schlimmer kanns ja eigentlich nicht mehr werden, flunkert sich der Bürger wider besseres Wissen selber vor. Das dachte man schon nach Helmut Kohl, und siehe da: Grinse-Gerd fand doch noch einen Ausweg aus der Vernunft und bescherte uns sieben lange Jahre politische Dürre mit milliardenschwerer Hypothek auf das gelenzte Volksvermögen. Dafür darf er jetzt seine Memoiren für 'ne Million Euro versteigern, und für jede durch ihn besetzte Comedyveranstaltung hoch fünfstellig kassieren. Miss Merkel muss erst noch durch die Hölle ihrer Amtszeit schlittern, bevor sie an die Fleischtöpfe der elder Statesmen gelangt. Angie-look-a-likes werden die Witzesendungen des Fernsehens bevölkern, jeder durchgeknallte Radiosender hat 'ne lustige Kanzlerinnen-Serie im Programm: „Merkel, das putzige Meerschweinchen", „Angie: Unglücklich in Berlin". Man wird ihr die Garderobe zerpflücken, die Frisur rezensieren, und Gesichtschirurgen geben Exklusiv-Interviews über die Chancen einer Mundwinkel-Korrektur. Es ist ein Leben, das sich nur ein völlig bekloppter Masochist wünschen kann, dem die häuslichen Auspeitschungen nicht mehr genügen. Je länger sie Kanzlerin ist, desto mehr wird sie sich deshalb in den künstlichen Kokon ihrer Parallelwelt verabschieden. Dort, wo man noch glaubt, dass Politiker die Gesellschaft gestalten und Sabine Christiansen kein Comedy-Magazin ist. Sie wird wie all ihre Vorgänger wichtig, wichtig durch die Welt krajohlen, aus Limousinen springen, Nullsätze in Mikrofone murmeln. Und irgendwann wird der Zeitpunkt kommen, wo auch sie zur Regierungsendzeitfigur geworden ist. Entweder gemeuchelt von den lieben Parteifreunden oder abgewählt vom launischen Untertan. Dann wird auch sie vor ein paar hundert Männern in Uniform stehen, die ihr einen blasen. Und wir alle werden danach wieder denken: Schlimmer kanns ja jetzt eigentlich nicht mehr werden. Und wir werden uns dann genauso täuschen wie heute.

Lieblingsspruch der leeren Hülle

„Es geht um Inhalte!"

Warum redet der Polithansel eigentlich so viel gequirlte Kacke? Eigentlich ist er ja auch nicht wesentlich blöder als wir, hat oft eine weiterführende Schule besucht, mancher gar die Alma Mater mit Bravour beendet. Dennoch perlt nur Dünnschiss über seine Lippen, sobald eine Kamera auf ihn gerichtet ist. Benimmt der sich privat genauso? Sagt er

Kein Wort Deutsch sprechen, keinen Hauptschulabschluss – aber 'nen ganzen Stall voll Blagen: Das ist wieder mal typisch Ausländer.

seiner Frau etwa auch „Es geht um Inhalte, Schatz“, wenn sie sich leise Kritik am schwabbeligen Äußeren des Volkstribuns gestattet? Warum reden die so? Da diese Menschen nicht dämlich sind, müssen sie in stetiger Autohypnose ihren Restintellekt bekämpfen. Als Selbstverblödungs-Mantra brabbeln sie Sätze vor sich hin wie „Das rot-grüne Projekt blickt mit Stolz auf seine Erfolge“ oder „Die soziale Gerechtigkeit steht obenan auf der Agenda“. Hä? Wer ist tot? Wie oft muss man das runterblubbern, um es zu glauben? Reichen fünfundzwanzig Stunden am Tag? Für jeden Klippschüler offensichtliche Lügen werden frech ins Mikrofon gesabbert, von der Konjunktur, die sich angeblich dauernd erholt, dem Land, das zukunfstfest – was? – gemacht werden muss, den Menschen, die man trotz aller notwendigen Reformen irgendwo abholen und dann auf jeden Fall mitnehmen muss. Aha, werden in Deutschland schon wieder Menschen abgeholt, soso! Der Wortmorast quillt täglich durch die Medien, und die Tagesschau, das Leitmedium der Volksverblödung, zitiert mit ernster Miene jeden Abend die albernsten Sätze des Tages: „Man muss jetzt den Helm enger schnallen“, sagte Franz Müntefering auf einer DGB-Kundgebung in Dortmund. Sieh an! „Ich hätte gerne Ketchup auf die Fritten“, sagte Dietmar Wischmeyer anlässlich einer Bestellung an einem Imbissstand in der Nähe des Kanzleramtes in Berlin. Sätze von einer intellektuellen Tragweite im Nanobereich sind fester Bestandteil des Wiederkäuer-Journalismus. Und da werden sie erneut von Politikern gehört und dann wieder ins Mikrofon gebrochen, so lange, bis die Gebetsmühle aus einer semantischen Null etwas Bedeutendes geformt hat. Dann tritt wieder irgendein Merkelwesen oder geschröderter Hansel vor die Kamera und sagt mit ernstem, leicht vorwurfsvollem Blick: „Es geht um Inhalte!“ Wir alle wissen zwar, dass es darum zuallerletzt bis überhaupt nicht geht, mussten den Blödsinn aber schon so oft hören, dass die Antikörper im Hirn den Kampf längst eingestellt haben, wenn Claudia Roth, Stoiber, Ulla Schmidt und Westerdingsbums im Fernsehen Dünnschiss blubbern. Nanana Wischmeyer, jetzt aber nicht persönlich werden, es geht schließlich um Inhalte!

Tod eines Handlungsreisenden

Existenzgründer

Das Scheitern in diesem Land trägt viele schöne Namen: Langzeitarbeitssuchender, Transferleistungsempfänger, oder den allerschönsten: Existenzgründer. Vornehmlich die Anbieter von Grillmobilen bei eBay verheißen den Weg in eine sorgenfreie finanzielle Zukunft, kaufe man nur ihre rasende Frittenkiste. Nun wissen wir alle, die wir schon mal Kunde waren an einem der fliegenden Bratstände, dass zu deren Betrieb mehr vonnöten ist als sonst nix können. Warum ausgerechnet jene, die nicht mal als abhängig Beschäftigte ein Bein an die Erde kriegen, ihr Heil im Unternehmertum suchen, bleibt ein ewiges Rätsel der Selbstüberschätzung. Neben jeder Art von Mobil-Fraßbuden sucht die durchgknallte Ich-AG ihr Heil auch im stationären Ladengeschäft: das Nailstudio, der Tattooshop oder die Trockenfloristik gelten als heißer Tipp für Leute ohne Moos und Plan. Da hocken sie sechzehn Stunden täglich im engen Verschlag zwischen ihrem Plunder rum und wundern sich, dass niemand tote Blumen mit rosa Schleifchen kaufen mag. So bleibt der Kapitalismus weiter ein Mysterium, und wenn die Blumenleichen das wenige Kapital aufgezehrt haben, schleicht der gebrochene Entrepreneur zurück zur ALG-II-Bude und bittet erneut untertänigst um Einlass. Noch schlimmer getroffen hat es die Vertriebsnovizen, die mit Ginseng-Gleitcreme und Aloe-vera-Marmelade um die Häuser schleichen. Hinter dieser famosen Geschäftsidee steckt nicht nur die eigene Doofheit, sondern der ausgefuchste Trick einer internationalen Schieberbande, die sich den Existenzgründerwahn zunutze macht. Mit einer todsicheren Franchise-Idee, die nicht mehr wert ist als die zweite Silbe ihres Namens, wird den armen Schweinen für 20 000 Euronen Einstiegspreis ein halber Lkw voll Ramschprodukten vor die Ich-AG gekippt. Damit darf der Endverteiler seine Freunde und Bekannten traktieren, bis er keine mehr hat, und schließlich überraschend feststellt, dass eine Hämorrhoidensalbe auf Kaktus-Basis doch kein Selbstläufer war. Da ist der Existenzgründer dann endlich schlau geworden, reckt den Finger in die Luft, schnappt sich eine Privat-Insolvenz und überlässt den Kapitalismus lieber wieder den Heuschrecken und anderem Ungeziefer.

Der Volkskörper

Faul und gefräßig

Der Politiker, der is vielleicht mal doof und korrupt und überhaupt. Sicherlich, aber manchmal kann er einem auch leidtun bei diesem Arschloch von einem Volk. Faul und gefräßig suhlt sich die Rotte im warmen Schlamm der verwehten Jahre. Die deutsche Vorstellung vom Vater Staat ist so tief eingefressen im kollektiven Bewusstsein, dass jeder Untertan ihm die Alimente abpressen will. Bedürftigkeit ist längst an die Stelle der Leistung getreten. Wer kriminell ist oder stinkt, hat mehr Aussicht auf staatliche Zuwendung als jemand, der nur in Ruhe seine Steuern zahlen will. Das hat sich natürlich bis in die letzten Winkel der Reptilien-Population herumgesprochen. Drum ist das Ziel eines jeden Deutschen, eine möglichst hohe Bedürftigkeit anzutäuschen. Der Unternehmer investiert nur noch dort, wo ihm die Kommune mit einem umsonsten Grundstück beispringt, der Rentner will ein Füllhorn melken, das niemand füllt, der Landwirt hat sich komplett vom Markt emanzipiert, Studenten würden niemals einen Euro für 'ne zweistündige Vorlesung zahlen, aber gerne drei für nen Cappuccino. Und jede Anspruchsgruppe hat 'nen eigenen Verein, der laut aufschreit, wenn das Manna schmilzt. Die Symbolfigur des deutschen Alimentierungswahns ist der Opernintendant. Mit welch unverhohlener Chuzpe diese eitlen Onanisten Staatsknete einfordern, ist vorbildlich für die ganze Gesellschaft. Wenn selbst der Mumpitz finanziert wird, warum dann nicht die Zuckerrübe oder sechzehn Semester Theologie? Stimmt, das verstünde man nicht. Kürzlich warnte ein Wächter des sittlichen Verfalls mal wieder vor der totalen Ökonomisierung der Gesellschaft, diesmal wars ein evangelischer Bischof. Hamwer gelacht! Gerade Leute wie er haben doch noch nie in ökonomischen Zusammenhängen gelebt, z.B. Ablassbriefe verhökert. Das deutsche Problem ist eine fortschreitende Entökonomisierung großer Teile der Gesellschaft. Die wenigen, die tatsächlich noch am Markt arbeiten, treffen auf eine Schlechtwetterfront griesgrämiger Behörden- und Verbandsvertreter, die ihnen das Ausscheren aus dem Glied der Heckenpenner vermiesen wollen. Wer möchte einen Tanker „Deutschland" durch die Weltmeere lenken, wenn die Besatzung glaubt, sie säße auf der „Aida". Drum kann nur erfolgreicher Politiker sein in diesem Land, wer sagt: Vier Jahre und keinen Tag länger mach ich diesen Job, und dann könnt ihr euch einen anderen Herkules suchen für den Schweinestall. Wie's scheint, wollen aber auch nächstes Mal alle wiedergewählt werden. Ihr Pech!

Gelogene Zahlen

Gefühlte Wahrheit

Durch den Euro ist gar nichts teurer geworden, für den Liter Benzin müssen wir heute weniger arbeiten als vor zwanzig Jahren, und der Sommer 2005 war auch nicht schlechter als andere. Wie kommt es nur, dass wir vom Gegenteil überzeugt sind? Sicher: Die Sonne geht auch nicht auf am Morgen, sondern das Teil, auf dem wir sitzen, dreht sich. Der eigene Eindruck kann schon mal täuschen. Nun bewegen wir uns beim Brötchenkauf nicht gerade im Bereich der Astrophysik, und da dachten wir bisher, den eigenen Sinnen trauen zu können. Wenn die aufgeblasene Schrippe statt 30 Pfennig heute 60 Cent verschlingt, so kann man sich den vierfachen Preis nicht wirklich schönlügen. Jaha, murmelt der Statistiker, aber der Erwerb von Tiefgarageneinstellplätzen in Eigentumswohnanlagen ist sogar billiger geworden, und so viel teure Brötchen kannst du gar nicht fressen, um diese Differenz auszugleichen. Und was ist mit dem Sommer? Dauernd nieselte uns doch das Leibchen zu, sobald wir uns dem Outdoor-Saufen zuwandten, die Badebüx hing trocken wie die Sahara von Mai bis September nur im Schrank! Stimmt gar nicht, oder was? Sofort pariert der Meteo-Guru mit Niederschlagsmenge pro Quadratmeter im Jahresmittel, und die verregnete Rückschau auf die Sommermonate wird zur bloß gefühlten Anstellerei. Auf allen Ebenen versuchen die Superschlaumeier in den Medien unsere Sicht auf die Welt als Spökenkiekerei abzutun. Tsunami, Hurrikan, Gletscherschmelze, Dürre rund ums Mittelmeer! Könnte es womöglich sein, dass die Abfackelei fossiler Brennstoffe da nicht ganz schuldlos dran ist? Deutet sich da ein klitzekleiner Klimawandel an? Ach was! Klimaforscher rechnen in Jahrtausenden, vor September 6005 kann man da gar nix zu sagen. Manchmal beschleicht einen auch das Gefühl, der Artgenosse um einen herum sei ein wenig aggressiver geworden in letzter Zeit: Schüler schießen Lehrer tot, Mädchenbanden trampeln auf Rentnern rum, durchreisende Uralanrainer nutzen den Zwischenstopp in Deutschland für 'nen schicen Raubüberfall – leben wir etwa gefährlicher seit ein paar Jahren? Papperlapapp! Noch nie wurden so viele Schwerverbrechen aufgeklärt wie heute, sagt der Kriminalstatistiker. Sicher, netter aber wärs, sie geschähen erst gar nicht. So lügen die Experten uns das Leben schön. Doch tief drinnen ahnen wir: Alles ist noch viel schlimmer.

Manchmal wird man aber auch überrascht von der Kreativität der Schönfärberbande: Der Anstieg der Netto-Neuverschuldung hat sich verstetigt. Das hört sich doch beruhigend an, bedeutet aber: Es werden keine Schulden getilgt, sondern weitere hinzugefügt. Und zwar sogar noch mehr als im Vorjahr. Toll. Zumindest rasen wir nicht auf einer Hyperbelkurve ins Schulden-Orbit. Alles klar. Alles in Ordnung. Nä. War auch nur ein persönlicher Eindruck. Hat nix zu sagen. Super! Die Zahlen sprechen eine eindeutige Sprache. Is ja klar!

Ort der Verzweiflung

Geschenkboutique

Holger wird vierzig, Babsi lädt zum Brunchen, die Ulla hat für alle thailändisch gekocht – irre! Könnte man sich fast drauf freuen, bestünde nicht der Brauch, ein Geschenk mitzubringen, nix Dolles, nur 'ne kleine Aufmerksamkeit. Und schon fängt der Terror an: Holger, Babsi und Ulla haben natürlich von der satinierten Knoblauchpresse bis zum irdenen Maniok-Mörser jedweden Scheiß und Staubfänger, mit dem man die Regale zumüllen kann. Was also bleibt, ist der Gang an einen der Orte größter Verzweiflung: in eine Geschenkboutique. Da gibts nämlich witzige Sachen, also Waren, die sich komplett von ihrem Gebrauchswert emanzipiert haben, aber trotzdem nicht schön sind. Dafür kosten sie das Dreifache praktischer Dinge: Bleistifte mit grinsenden Karnickelköppen aus Plüsch, extremst lustige Tassen mit inneliegendem Henkel und immer wieder Fußmatten als Meinungsbutton für den Flur: Da kann man sich z.B. auf dem Wort „Deutschland" die versifften Mokassins abstreifen. Ist das nicht schweinelustig? Ganze Regale sind dem Oberthema Kerzenständer gewidmet, in den Vitrinen buhlen hundert schrille Sektverschlussdildos um die Geldbörse des Betrachters. Und seitdem die Korrespondenz in den Rechner gewandert ist, sind auch Papier und Umschlag dem Angriff der Witzigkeit schutzlos ausgeliefert. So schreitet der Geschenkschuldner verzweifelt durch „Moni's kleines Präsentkörbchen" oder wie die Horrorverschläge des brutalst schlechten Geschmacks auch immer heißen und kann sich nicht entscheiden: Das Poster mit den dreißig Nudelsorten hat die Ulla schon und das Kermit-Telefon steht bei ihr auf dem Lokus. Ach wie knuffig, da, guck mal: Pappmaché-Kühe in Rosé, die hat sie glaub ich noch nicht. Wozu auch, kein Mensch der Welt freut sich über angepinselte Rindermodelle – jedenfalls nicht, wenn er noch alle Tassen im Schrank hat. Au ja, Sven-Hajo, wir nehmen eine Tasse, sammelt die Ulla nicht dieses schweineteure Service in den Bonbon-Farben? Aber bloß eine Tasse, das sieht doch etwas schäbig aus. Komm, wir stecken noch eine Packung Tintenfisch-Nudeln oben rein. Und dazu den Balsamico-Essig in dem süßen lila Flakon. Toll! Da freut sich die Ulla aber 'nen dritten Eierstock in den Unterleib, so lustig ist das. In Geschenkboutiquen werden absurde Gebinde zusammengeschnürt, die andernorts nur Kopfschütteln auslösen. Eine 1,5-Volt-Batterie, einen CD-Rohling und 'ne Dreifachsteckdose – wer würde so was verschenken? Nur wenn jedes Teil in sich schon total bescheuert ist, beißt es sich nicht mit anderen. Und schon paart sich Krims mit Krams, niedlich verpackt in Klarsichtfolie und 'nem Schleifchen obendran. Wenn man dann an der Kasse den Dreck so vor sich sieht, ist man heilfroh, auf der richtigen Seite des Geschenkes zu leben, und zahlt bereitwillig jeden Preis.

Maßeinheiten der Medien

Güterzüge und Fußballfelder

Der Schimpanse kann mit etwas Glück bis zehn zählen, der Hund bis drei, und bei der Taube fängt jenseits von eins schon das Reich der vielen an. Aber auch der Mensch ist irgendwann am Ende, spätestens bei Zahlen über tausend beginnt das weiße Rauschen. Es ist dann ein rein theoretisches „Boooh“, das er sich abringt, wenn von fünfzehn-

Ausflugstipp für rechtsradikale Legastheniker.

hundert Opfern irgendwo die Rede ist – vorzustellen vermag er es sich nicht wirklich. Bei noch größeren Zahlen, wie etwa der EU-weiten Zuckerrüben-Überproduktion oder den täglich auf unserem Planeten verloren gehenden Regenwaldflächen, da setzt es dann mit der Bebilderung im Großhirn ganz aus. Weil das Handicap allgemein bekannt ist, gibt es in den Medien zwei Maßeinheiten, die uns die Ungeheuerlichkeit der Welt vor Augen führen: das Fußballfeld und die Güterzüge. Flächen bis zu einer Größe des Saarlandes werden in Vielfachen von Fußballfeldern gemessen, Schüttmengen oder Stückgut in Anzahl von Güterwaggons oder wenn's noch mehr ist, in Kilometer Zuglänge, wenn's ganz, ganz viel ist, in Anzahl der Güterzugäquatorumwicklungen. Nicht dass man sich das besser vorstellen könnte, wenn man hört, die Gesamtproduktion holländischer Tomaten eines Jahrzehnts auf Güterzüge verladen, zöge sich anderthalbmal um den Erdkreis – aber ein wenig gruselt es einen schon. In der Zweidimensionalität ist die nächsthöhere Einheit nach dem Fußballfeld das Saarland. Man sagt etwa in der Tagesschau: Der Orkan in Louisiana hat ein Gebiet von der Größe des Saarlandes überschwemmt. Wobei man sich unter Saarland erst mal gar nix vorstellen kann. Noch größere Flächen werden in Vielfachen von der Bundesrepublik gemessen. Das Ozonloch über der Arktis ist etwa achtmal so groß wie die Bundesrepublik, in Saarland-Einheiten bedeutet das tausendeinhundertzwölfmal so groß und in Fußballfeldern sogar 368 Millionen. Wenn nun auf denen jeweils ein Ball läge und man fünfhundert von ihnen in einen Güterwaggon von 20 Metern Länge unterkriegte, dann – ja – zöge sich der gesamte Zug etwa ein Drittel um den Äquator. Was wiederum das Ozonloch dann doch nicht so Furcht erregend erscheinen lässt. Ein drei Meter breiter Streifen vom Kongo bis Brasilien; scheiß was drauf. Das is doch

– Moment – 15 000 km mal drei Meter breit, da sind – Moment – 45 Quadratkilometer, das is, äh, hähä, nich mal ein 57stel des Saarlandes. Also mit dem Loch, da kann man doch leben, oder nich?

Ein Halbgott wird gestürzt

Hartz, das Gespenst

Die beiden Warlords des siebenjährigen Krieges gegen jedwede Vernunft – Schröder und Fischer – zuckten noch ein Weilchen auf dem Sterbelager und nannten die Tragikomödie Wahlkampf. Das größte Symbol ihrer albernen Regierungszeit aber, der Peter Hartz von Hartz Vier, der wurde weit nach seiner Zeit abberufen. Doch nicht, weil er dem Volk durch seine spinnerten Reformen Schaden in Milliardenhöhe zugefügt hatte, nicht mal, weil er Millionen durch die VW-Bücher unkontrolliert passieren ließ – nein: Wohl nur, weil er ein paar hundert Euro lang nicht aufpasste und eine Nutte falsch abrechnete. Große Idioten fallen über kleine Steine, noch größere über sich selbst, über ihre Arroganz, Selbtsüberschätzung und -inszenierung. Peter Hartz war das Gespenst der späten rot-grünen Jahre. Unvergessen die blasphemische Anrufung des Job-Floaters im Französischen Dom zu Berlin Anno Domini 2002. Was haben sich die Schweinepriester bei diesem lächerlichen Götzenspektakel bloß gedacht? Dass der Messias herabsteigt und mit fünf schrägen Ideen fünf Millionen Arbeitslose speist? Doch erst der sich anschließende Proteststurm der Fertigen und Verladenen in Deutsch-Osteuropa formte aus Ich-AG und Personal-Service-Agentur das Gespenster-Wort Hartz Vier. Und weil die kleinen rot-grünen Außerirdischen glauben, eine Reform ist eine Reform, weil sie Widerstand erzeugt und nicht, weil sie wirkt, glaubten sie fortan noch fester daran, Hartz Vier sei eine ganz dolle Reform – in Rotgrün-Deutsch auch „Jahrhundertreform" geheißen. Und ganz allein ein Mann war es, der sich dieses Wunderwerk ausgedacht hat, Peter Hartz der Vierte, gehasst von den Ungläubigen in Transelbien, vergöttert von den Selbstgefälligen in Berlin. Wer hätte je geglaubt, dass dieser Ausnahmemensch und Religionsstifter anfällig ist für die Anfeindungen des Teufels: glutäugige Konkubinen vom fernen Amazonas, schnöder Mammon aus Niedersachsen – konnte ihn das wirklich reizen? Peter Hartz der Vierte hat das Gute stets gewollt und das Unmögliche erreicht. Dann verließ das größte Gespenst der rotgrünen Jahre die Bühne und floated unter Mitnahmen von drei Millionen Euro aus seinem Job. Und alle waren so froh, dass er ging, da zahlten sie ihm die paar Milliönchen doch sehr gern. Honi soit qui mal y pense.

Irgendwo der Beste sein

Idioten-Contest

Der Mensch an sich misst sich gern mit seinesgleichen, weil ja jeder einen braucht, der noch blöder, lahmer, ungelenker ist. Das ganze nennt sich olympischer Gedanke, ist aber über die Jahre so pervertiert, dass nur noch spezielle Athletenzüchtungen daran teilnehmen können. Der einst gemeinte Amateur bleibt mangels Vermögen außen vor. Was macht er nun, der arme Knilch, mit dem sich keiner messen mag? Er flieht in den Stellvertreterkrieg und jubelt „seiner" Mannschaft zu, durchlebt den Schrecken einer Niederlage und den Siegestaumel, als obs der eigene wär. Wem die schlaffen Glieder allerdings noch ein wenig zucken, dem reicht das Gegröle am Spielfeldrand meistens nicht. Um selber noch aktiv ein wenig mitzutun, sucht er sich eine Disziplin, in der auch er noch etwas reißen kann. Das ist die Geburtsstunde der sommerlichen Idiotenwettbewerbe für Schlaffi und Blödi auf der Jagd nach der Trophäe. Bei so genannten Spaßbootrennen paddeln Tausende in selbt gebauten Zubern über Innenstadtgewässer, beim Entenrennen werden Plastikfiguren einem citynahen Fäkalgewässer überlassen und ringen stromabwärts treibend um den Sieg. Luftgitarrenwettbewerbe, Kuhfladenroulett oder Rasenmäherrennen – wichtig ist der von vorne herein ausgewiesene Ballaballa-Aspekt des Wettbewerbs, damit er für jedermann offen bleibt. Der „Fun" steht obenan, nicht der Sieg. Doch so gings überall mal los, auch Beachvolleyball in Fußgängerzonen oder Drachenbootrennen waren früher beknackte City-Belustigungen. Heute sind sie olympisch oder zumindest von Profis majorisiert. So wars schon in der Schule: Wenn „zum Spaß" in der letzten Viertelstunde des Sportunterrichts Fußball gespielt werden durfte, gab es immer ein paar bescheuerte Choleriker, die wie um den Endsieg kämpften. Drum mag auch ein Idioten-Contest in diesem Sommer noch so harmlos und lustig sein, im nächsten wird er garantiert schon in aller Härte ausgefochten. Unterwasserweitfurzen, bei wem steigen die Blasen am Entferntesten von der Anusöffnung an die Oberfläche. Diesjährlich eine Mega-Gaudi mit super Funfaktor, präsentiert vom Hefeweizenbrauer und dem lokalen Schwachsinnssender, schon morgen eine eisenharte Disziplin, in der Profis den ganzen Winter über ihre eigene Badewanne zufurzen, um im Sommer in der ersten Starterreihe zu flatulieren. Zwergenweitwurf, Froschaufblasen, Burgerwettfressen

– nichts, aber auch gar nichts ist vor dem menschlichen Drange sicher, auf irgendeinem verschissenen Gebiet der Beste zu sein. Wie wärs mit Selbstmord-Making, wer zuerst tot ist, hat gewonnen. Prämiert wird natürlich auch der originellste Abgang und die beste Mannschaftsleistung. Zwölf Beachvolleyballer prellen sich gegenseitig die Ommel weg. Da wären wir dann auch wieder beim Fun-Aspekt.

Surrogate des Staunens

King Kong und Godzilla

Der Bundestrottel hat ein neues Hobby: sich hunderttausendfach zusammenrotten und auf was Großes gucken. Zuerst strömten Hans und Schwanz nach Hamburg, um ein hässliches Containerschiff für betuchte Rentner anzustarren, jüngst nach Köln, um die kulturelle Moorleiche Benedetto zu begaffen. Weder Queen Mary die Zweite noch Benedikt der Zwei hoch Vierte repräsentieren so was wie Gegenwart, beide erinnern an eine Zeit, da Größe noch was hieß. Auf den gigantischen Luxuslinern überquerten einst die Mächtigen der Welt den Atlantik, heute schippern damit reiche Runzelärsche von einem Hafen-Souvenirshop zum nächsten. Auch die katholische Kirche regierte vor Zeiten die Kontinente, heute ist dieses Museum der abendländischen Geistesgeschichte immerhin nicht mehr militant. Wo liegt das Faszinosum für die Saurier vergangener Grandezza? Ist es das Kleinkarierte des deutschen Alltags, dieses Geschlurfe zwischen Lidl-Markt und Popel-Politik? Braucht der Mensch seine regelmäßige Dosis Prachtentfaltung, um das Pissige der Bundesrepublik auszuhalten?

Wie wärs, wenn Godzilla aus den Fluten der Ostsee stiege und Rostock kaputttrampelte, oder King Kong Frollein Merkel auf das Völkerschlacht-Denkmal verschleppte? Da gäbs doch mal was zu gaffen! Deutschland leidet an einem Superlativ-Mangel: Niemand von den Backpfeifen-Gesichtern in der Politik taugt zum Vorbild, nicht mal richtig böse ist einer von ihnen – alles nur Dutzendware aus geklonten Helden des Ortsgruppen-Castings. Helden der Maschinenwelt haben wir auch nicht mehr: kein Superflugzeug, kein stolzes Schiff, kein Transrapid – alles Mittelmaß und ausgewogen. Doch der Mensch lebt nicht von Aldi-Brot allein, ab und zu will er sich auch an was großartig Beklopptem erfreuen, z.B. wenn eine 78-jährige rosa Wachsfigur tote Textbausteine regnet – das ist doch mal was andres. Oder auch ein großes Schiff beglotzen, in dem Leute zu Zielen reisen, die sie gar nicht erreichen wollen – das ist doch so wohltuend schwachsinnig. Der Mensch hat ein tiefes Bedürfnis danach, doof zu sein. Den Popanz zu bejubeln tröstet ihn über so manche Nichtigkeit seiner irdischen Restlaufzeit hinweg. Drum strömt alle ein in unser Land der Durchschnittlichkeit, ihr Päpste, Godzillas, Riesenkraken und Ozeandampfer – wir werden jedem von euch einen gebührenden Empfang bereiten. Und sei es nur, um nicht ständig Marius Müller-Westernhagen oder Joschka Fischer für was Großes halten zu müssen.

Heldin der Sozialen Gerechtigkeit

Krankenschwester

Das Unwort des letzten Wahlkampfes lautete „Krankenschwester", wie gesagt: das Wort, nicht die Person oder der Beruf. Für was musste sie alles herhalten, die Florence Nightingale der steuerfreien Nachtzuschläge. Kaum eine Polemik kam ohne sie aus. Nach der Wahl hat sich ihr Bild in der Öffentlichkeit verändert. Krankenschwestern arbeiten demnach nur im Schutze der Finsternis, nicht für Geld, sondern fürs Gemeinwohl, zahlen trotzdem genauso viel Krankenkassenbeiträge wie Multimillionäre, müssen dafür aber den kargen Gotteslohn ihrer nächtlichen Selbstaufopferung auch noch voll versteuern. Was für eine Riesensauerei. Dass dieser Beruf mittlerweile Krankenpfleger heißt und genauso von Männern ausgeübt wird, kommt bei den Hohepriestern der Sozialen Gerechtigkeit so wenig vor wie der Umstand, dass auch noch andere Menschen nachts arbeiten und dafür schon jetzt den vollen Satz Steuer-Knete berappen müssen. Das piefige Weltbild der sich aufopfernden Frau ist allerdings zu verlockend, als dass der Brachial-Metaphoriker im Wahlkampf nicht darauf verfiele. Wer weiß, vielleicht stiehlt sich sogar ein Samenfädchen nach draußen, wenn die Brüllaffen das Wort „Krankenschwester" im Munde führen und dabei an williges Weiberfleisch in schmucken Trachten denken, die ihre einsamen Nachtschichten schieben. Wollt ihr wirklich, dass diese reinen unschuldigen Mädel genauso viel Steuern zahlen wie ein ekeliger Radiomoderator, der nachts nur Blödsinn runterreihert. Nein und abermals nein, das wäre ja sozial nicht gerecht.

Beim Bild der weißen Frau im Dienste des Gemeinwohls wird natürlich nicht erwähnt, dass wesentlich mehr Menschen von Krankenschwestern um die Ecke gebracht werden als von Radiomoderatoren. Macht aber nichts, sie fügt sich doch so prima ein in das Wolkenkuckucksheim einer angeblich gerechten Gesellschaft. Der schützenswerteste Bundesbürger überhaupt – will man den Wahlkampfaussagen glauben – bewohnt am äußersten Wendekreis der Pendlerpauschale ein durch die Eigenheimzulage finanziertes Häuschen und fährt von dort nächtens in ein heimeliges Hospital, wo er gerade mal so viel verdient, um davon seine Sozialabgaben zu bezahlen. Ach, vergessen: Er ist natürlich weiblich. Mindestens 20 Millionen Wähler in Deutschland scheinen so zu leben, anders kann ich mir nicht erklären, warum alle Politiker so um deren Gunst buhlen.

Retrogesöff der Schnullis

Mädchenbier

Den Brauer ergriff die Panik, als er auf seine Zahlen schaute: Trotz Komasaufen und Hartz Vier geht der Bierabsatz zurück. Alcopops, Wein und Gummibärchenfusel pfeift sich der Deutsche zwar noch reichlich ein, doch die Mutter aller Alkoholika wird geschmäht. Mutter ist eben schon sehr alt und verbittert, hört auf Namen wie Ratsherren Pils oder Felsenkellerbräu, das klingt nach alten Kommunalpolitikern, die sich am Stammtisch in die Hose pissen aber nicht nach lifestyligem Angeflute. So kippten die Brauherren denn allerlei Geschmackszerstörer in das Bier und traten das deutsche Reinheitsgebot mit ihren großen Fü-

Ein Bild aus der Serie, die sich Igel aus dem Internet runterladen.

ßen: Lemon, Cherry, Cola – kein Spülmittelzusatz war zu ekelig, um das Pils zu versauen. Das Bier ohne Giftbeimischung heißt jetzt z.B. Beck's Gold und wird in durchsichtiger Flasche geliefert, weil noch schaler kanns ja gar nicht werden, als es eh schon ist. Die Brauerei mit dem Deppen-Apostroph verhalf dem Mädchenbier zum nationalen Durchbruch. Seither giggeln in allen Werbungen für den ehemaligen Gerstensaft immer mehr Girlies durch das Bild. Sie knibbeln fröhlich Etiketten ab von eisgekühlten Pullen und hoffen hinterm Etikett einen Stecher zu ergattern. Die Pils-Druiden haben die Frau als Zielgruppe für sich entdeckt, und wie immer, wenn eine Männerdomäne der Geschlechteropposition anheim fällt, geht das Produkt in die Binsen – siehe Renault Twingo, ein Auto zum Knuddeln. Nun also auch das Pils, Hauptnahrungsmittel des deutschen Mannes und echte Alternative zu weiblicher Gesellschaft, auch und gerade im sexuellen Bereich. Richtige Männer oder was die Werbung dafür hält, also in Lammfellpilotenjacken lässig an das Heck eines Doppeldeckers gelehnt, solche megaharten Typen saufen Clausthaler alkoholfrei – also noch nicht mal Mädchenbier. Die traditionelle Ware wird wohl nur noch von Randständigen im Stadtpark gekippt. Das gut gezapfte Pils mit anständiger Blume im Tulpenglas serviert bekommt man seltsamerweise heute eher in der schäbigen Bahnhofsumgebung als im schicken Citypub. Dort süppeln die Trendsetterinnen Mädchenbier direkt aus der Pulle, wie sie es gelernt haben vom Wassernuckeln nach dem Ekstasy-Abusus. Und das ist auch letztlich das Erfolgsgeheimnis des Mädchenbieres: Man kann es nuckeln und muss es nicht aus dem Glase trinken. Die Mutterzitze als Glücksversprechen ist der Flash zurück in eine Zeit, da die Welt noch warm und überschaubar war. Mädchenbier, das Retrogesöff einer atavistischen Bande junger Doofköppe. Prost!

Volk ohne Lied

Musik-Importe

Der Deutsche ist von Natur aus unmusikalisch. Nur auf zwei Gebieten hat er es zu einiger Perfektion gebracht: als akribischer Musikingenieur in der Klassikabteilung und beim Grölen. Alles andere wird importiert, sogar die Marschmusik – also Klassik als German walking – hat er vom Türken abgeschaut; die Volksmusik kommt vom Tschechen und jede Art von Popmusik eh von außerhalb. Wenn er dann importmäßig zuschlägt, der Deutsche, dann greift er instinktsicher in die Trödelkiste. So erfreut sich unter den zahlreichen Jazz-Varianten ausgerechnet das widerwärtige Dixiland-Getröte unausrottbarer Beliebtheit. Jazz-Frühschoppen foltern Mann und Maus mit dem Studienrats-Gedudel, bis die Krähe tot aus der Baumkrone plumpst. Eine Variante dieser Volksmusik für Gutverdiener ist das Klezmer-Gejaule, das sich der gebildetere Kultur-Maso in die Löffel zieht. Einziger Vorteil dieser Katzenmusik ist der, dass sie – zumindest noch nicht – von deutschen Laiendarstellern nachgejault wird. Ganz anders etwa als bei den Original New Orleans Egg-Shakers, die samt und sonders dem Kollegium der Integrierten Gesamtschule Poppenhausen entstammen. Besonders Ekel erregend wirds, wenn schwermütiges Teutonenblut zum Gospelsong ansetzt. Könnte ja schon der Afro-Ami seinen Anlagen nach mehr leisten, als er es beim Dschieses-Gebölke tut, so sträubt sich das Bleichhirn gänzlich gegen den innewohnenden Frohsinn des Halleluja-Schreiens. Doch nicht nur Nordamerika hat den Teutonen stets zu eigner Musikausübung angeregt, auch und gerade Mittel- und Südamerika faszinieren den Trübsinnsbläser seit Jahrzehnten. Calypso, Mambo, Rumba, Salsa, Lambada und wie sie alle heißen – vom

RIAS-Tanzorchester intoniert, sind sie danach 100% erotikfrei. Und das ist das Geheimnis des deutschen Kulturimports: Gebt uns die Musik der Völker, und wir versprechen euch, danach werdet ihr sie nicht wiedererkennen. Denn ein Volk, das keine eigenen Lieder hat, wird auch die der andern nicht verstehen.

Neues Versagen im Schritt

Paruresis

Der Mann ist längst nicht mehr, was er mal war: Er wischt im Haushalt mit, spricht mit Kindern, ja sogar mit seiner Frau, und tut obendrein, als ob ihn deren Geräuschemission tatsächlich interesssiere. Er geht zur Maniküre und zur Paartherapie, statt einfach nur den Rochen auszutauschen; er redet ernsthaft über Frisuren, Mode, Bodyshape und schmiert sich abends Nachtcreme in das Stoppelface. So viel geheucheltes Menschsein konnte auf Dauer von seinem Pimmel nicht unbemerkt bleiben. Zuerst welkte nur die Begattungslust dahin: Erektion soweit alles prima, nur wozu? Nun hat aber der Kollege im Schritt wenig Verständnis für den geschlechtlichen Müßiggang und will vor allem nicht bei irgendeinem Weichei nutzlos zwischen den Beinen rumhängen. Also folgte Stufe zwei im Kampf des alten gegen den neuen Mann: Hydraulikversagen. Ganzseitige Anzeigen in den Magazinen künden vom wachsenden Markt potenzgestörter Männer in den besten Jahren. Nun kann das einen Sexmuffel nicht wirklich kratzen – was schert es den Fisch, wenn das Fahrrad platt ist. Da hatte der neue Mann aber seine Rechnung ohne den durchtriebenen Kerl im Schritt gemacht. Denn neben seiner Funktion als Austrittsorgan frisch geschüttelten Spermas wird noch weitaus häufiger Urin abgeführt. Und da spaßt der Körper nicht. Im Gegensatz zum Sex lässt sich der Harndrang nicht auch nur einen Tag wegmuffeln. Wird auch noch Bier gelenzt, muss im Grunde unentwegt abgejaucht werden. Der stete Tropfen will hinaus, deshalb hat der Mann schon in grauer Vorzeit die Scheu vor dem öffentlichen Wasserabschlagen verloren. Ist die Blase voll, wird der Hosenstall aufgerissen, das Rohr in Anschlag gebracht und wo man gerade steht oder geht Jauche abgeblasen. Sehr praktisch das Verfahren, doch nun trifft es auf den geistig manikürten Frauenversteher. Alles in ihm wehrt sich dagegen, nach Altväter Sitte in den Park zu strullen, ja, es geht so weit, dass Freund Weichei nicht mal mehr mit seinesgleichen an der Pissrinne stehen mag, um blankzu-ziehen. Ein neues Krankheitsbild ist geboren: die Paruresis, eine psychisch bedingte Entleerungsstörung. Sieh an! Nicht erst beim Sex, jetzt auch schon beim Pinkeln kriegt der Mann einen an die Waffel. So weit hat die Frauenherrschaft es gebracht. Da kann man sich nur freuen, dass Frollein Doppel-X aus dem gleichen Loche kotet. Sonst würd' uns das in Bälde auch noch mies gemacht.

Sommer in der Stadt

Verzweifelte Heiterkeit

Wenn der Regen wärmer wird im Frühling, befällt ganz Deutschland der Event-Virus. Jede Kommune gräbt nach einem Alleinstellungsmerkmal der Region und toupiert es hoch zu einem Festival: Mühlentage, Spargelwochen, kulturelle Landpartien und Gartenzauber. Über dem ganzen Land liegt eine verzweifelte Heiterkeit. Für ein Wochenende zieht die Schmurgelbudenromantik sogar bis in die Innenstädte; zwischen Pennymarkt und Schnäppchenrampe wird Flachs gehaspelt, Dinkelbrot verbimmelt, und dazu zirpt eine Ich-AG auf der Schalmei. Der Motto-Suff taucht selbst den Alkverzehr zur Mittagsstunde in ein mildes Licht. Das naturtrübe Klosterbräu, der milde Zwetschgenbrand aus alter Meisterhand – wer hängt danach nicht guten Gewissens hackebreit überm Jägerzaun. Geselchtes und Geschmortes pestet aus jedem zweiten Spanplattenverhau, am Drehspieß schwitzt ein ganzer Ochs sein Körperfett in die offene Flamme. Ach, was war das früher schön, als man noch vor dem eignen Herzinfarkt die Läufe streckte. Der sommerliche Halligalli ist die inszenierte Weinerlichkeit über die ungastliche Moderne. Für ein paar Stunden schnuppern wir eine Prise Mittelalter, staunen über chromblitzende Oldtimer oder schauen braven Frauen beim Klöppeln ihrer Keuschheitsgürtel zu. Zum ersten Mal in der Geschichte der Menschheit können große Teile der Bevölkerung zumindest partiell auf die Gegenwart scheißen. Jedes Wochenende verwandeln sich ganze Horden in Indianer, Ritter, Rocker, Shanty-Chöre. Als moderne Nomaden ziehen sie mit ihren Campern von einem Motto-Festival zum andern und gaukeln den örtlichen Eintrittszahlern ein Wochenende lustig-heiler Geschichte vor. Das Stadtmarketing siehts mit Freude und guckt schon im Kalender nach, wo noch etwas frei ist für den nächsten Folklore-Bums vorm City-Center. Wie wärs mit einem internationalen Fischbrötchenwettbewerb oder dem Negenborner Sklavenmarkt? Die Konkurrenz ist groß, eine Idee schnell kopiert. Garten-, Jazz-, und Weintage gibts schon überall, Mittelalter, Oldtimer oder Handwerksmärkte sind längst abgefeiert

– hingegen ist 'ne gut gemachte Hexenverbrennung doch auch was fürs Auge. Dabei gibts natürlich ein Problem in Deutschland: Man weiß nie, wie's Wetter wird, und wenn der Haufen dann nicht richtig brennt, bricht der Bratwurstumsatz sofort ein – und da hört der Spaß nun wirklich auf.

Existenzgründer im Nanobereich

Vogelgrippe

Der Mensch ist nicht das, was er ist, wenn er keine toten Tiere frisst. Erst seitdem die Kameraden aus der Fauna auf den Grill geschmissen werden, tut sich was im Großhirn des Primaten. Eine kleine Abwechslung auf dem tierischen Speisezettel bot in früheren Zeiten der Kannibalismus. Da kam auf den Teller, was nicht mühsam erst erjagt werden musste, sondern ohnehin schon in der Wohnung rumlief. Heute überlebt die Oma in der Familie und der Seniorenteller ist nicht mehr das, was er einmal war. Von der Lust am Verzehr eines Wohngenossen mochte der Asiate allerdings nicht abrücken und nahm das Huhn in seine Familie auf. Chines' und Flattermann teilen fortan Tisch und Bett, und sogar das Borstenvieh darf zum Fernsehen abends in die Küche rein. So lebt die Multispezies-WG in schöner Eintracht vor sich hin, und auch das Virus hat darin sein Auskommen. Musste es sich jahrmillionenlang damit bescheiden, die Kloake des Geflügels zu erforschen, so kann es heut' durch die bessere Nahverkehrsanbindung an den Schweinearsch auch da nach dem Rechten sehen. Hier, im braunen Reich des Ferkeldarms, trifft das Virus viele Kollegen mit anderen

Ideen und gründet mit ihnen eine neue viel versprechende Krankheit. Wenn dann zur guten Nacht der Chines' dem Schweinchen ein Küsschen gibt, ist ein neues Virus zu allen Schandtaten bereit. Einmal hustet unser gelber Freund noch in die U-Bahn von Shanghai, ein Bleichgesicht atmet heftig ein, nimmt den Flieger dann nach Frankfurt und siehe da: Unser Immunsystem kriegt wieder was zu tun. Der einzige Trost: Dieses System wird noch nicht von der Großen Koalition reformiert. Es könnte also alles noch gut werden.

Wenn die Kerze nicht mehr brennt

Weihnachtsfeier in der Flaute

Seitdem der Todeshauch der Konjunktur über deutsche Lande weht, mögen immer weniger Firmenchefs die gelichteten Reihen in gebremster Fröhlichkeit um sich versammeln. Eine der großen Errungenschaften der Angestelltenkultur, die Weihnachtsfeier im Betrieb, droht zu verschwinden. Über Jahrzehnte sorgte sie für die ständige Erneuerung des Anekdotenschatzes einer Belegschaft, der deutsche Kaiser Franz zeugte dort seinen jüngsten Spross – die Weihnachtsfeier war das soziale Fundament einer jeden Firma. Blicken wir noch einmal in Wehmut zurück: Wesentlicher Bestandteil des betrieblichen Bacchanals in seiner reinen Form ist die Einladung „ohne Partner". Der erotische Tagestrip in fremde Gewässer liegt also zumindest immer drin. Zur Kopulation wild Entschlossene dürfen für eine Nacht wieder primitive Tiere sein. Weder Eingruppierung noch Ehestand begrenzen den urzeitlichen Trieb. Reine Männerbelegschaften hingegen nutzen die

Abwesenheit ihrer häuslichen Aufsichtsperson, um mal richtig die Sau rauszulassen – Stichwort „Brasilianische Sambatänzerinnen". In der sentimentalen Rückschau wird die „mörderische Sauferei" dann zum gemeinsamen Fronterlebnis und festigt die Kameradschaft.

Zweiter unabdingbarer Bestandteil der weihnachtlichen Betriebsfeier ist das unterirdische Niveau. Wumtata-Kapelle und Partyspiele jenseits der Menschenwürde bilden erst den richtigen Rahmen für das Fahrenlassen aller Konvention. Und was noch viel wichtiger ist, sie sind der Hintergrund zur kalkulierten Erniedrigung der Chefetage. Wenn der Firmenboss mit einer Schlangengurke zwischen den Beinen unter rhythmischen Zuckungen auf der Tanzfläche versucht, das Kürbisgewächs an eine Sekretärin weiterzureichen, so zeigt er sich dabei als Mensch in all seiner Lächerlichkeit. Diese Ausnahme von der Regel festigt nachhaltig seine Position an der Spitze. Nur der wirklich Mächtige kann es sich leisten, einmal im Jahr den Blödian zu spielen.

Drittes Gesetz der Weihnachtsorgie ist der kostenfreie Zugang zu Tisch und Tresen. „Der Chef lässt einen springen" steht als ungenanntes Motto im Raum und hinterlässt bei den Begünstigten ein Gefühl von unterschwelliger Bringschuld. Das durchgearbeitete Wochenende, die vielen Überstunden – kleinkariert ist, wer da auf den Euro schielt. So rechnet sich die Betriebsfeier nicht nur auf der sozialen Ebene, sondern erweist sich auch rein finanziell als kluge Investition.

Wenn in diesen rauen Zeiten immer weniger gefeiert wird zum Advent, so sind als Grund die „notwendigen Einsparungen auf allen Ebenen" nur vorgeschützt. Es ist vielmehr die Scheu der Chefs, ein Familiengefühl zu erzeugen in einer von Personalabbau bedrohten Horde.

Ihrer Zeit zweitausend Jahre voraus: Griechen erfanden das Plumpsklo vor der Ouzoplatte.

Auch niemand unter den Mitarbeitern legt Wert darauf, beim Saufgelage den Menschen hinter dem Kollegen kennen zu lernen, der schon bald keiner mehr ist.
Betriebsfeiern waren immer bestimmt von dem Glauben an die gemeinsame Zukunft der Produktionsgemeinschaft. Mit dem Saufgelage an der Theke leistete man einen Eid auf die Firma. Legendär waren die Orgien in der New Economy. Als sie verschwanden, war es kurz darauf auch um die Start-ups geschehen. Wirtschafts-Auguren könnten am Alkoholisierungsindex der Mitarbeiter weit vor der Börsennotierung den wahren Zustand eines Betriebes erkennen.
Wenn zurzeit ganze Weihnachtsfeiern im stillen Einverständnis zwischen Chef und Angestellten gar nicht mehr stattfinden, so ist das ein böses Omen. Weit mehr als ein Stück deutscher Unternehmenskultur geht dahin. Die ganze Wahrheit lautet: Ratten verlassen das sinkende Schiff immer nüchtern.

Abschied vom Kotzen

Wellness-Saufen

Der Körper, fragte man ihn direkt nach seinen Wünschen, würde wohl kaum auf die übermäßige Zufuhr ekliger Alkoholika pochen. Nun, das hat den überzeugten Trinker nie gestört: Er hat sich Kräuterfusel, Pils und Rebenjauche literweise eingeflößt und auf das Wohlbefinden seiner Hardware schlicht geschissen. Als richtiger Mann war er natürlich bereit, den Preis dafür zu zahlen, und der hieß kotzen. Damit der Auswurf nicht flächendeckend durch das Wirtshaus pladdert, gabs auf den Männerklos so genannte Kotzbecken, tiefe Porzellanschüsseln in angenehmer Arbeitshöhe montiert und darüber zwei Haltegriffe an der Wand. Hier ließ sich 'ne Pulle Maria rausreihern, ganz so unbefleckt wie ihre biblische Namensschwester. Betrat man in einer Gaststätte den Abtritt, wusste man sofort, ob hier Profis zechen oder nur der Damenzirkel Halma spielt. Heute gehört diese Hochkultur des Kotzens der Vergangenheit an, nirgends sieht man mehr ein Profibecken auf dem Männerklo. Heißt das nun, dass der zugesoffene Recke unter Hinterlassung diverser Feuchtplocken auf dem Brillenrand heimlich in den Tiefspüler reihert? Schlimmer noch! Er kotzt gar nicht mehr, der Mann. Auch das Saufen, so seltsam das klingt, wird heut unter Wellness-Gesichtspunkten absolviert. Schmecken solls, das Gebräu und auch z.B. den Geschlechtsverkehr beflügeln und nicht ersetzen wie ehedem. Zu dem Behufe wäre der saure Brodem nach der Mageneruption ohnehin wenig förderlich. Die derbe Sinnlichkeit eines kontraktierenden Abdomens passt einfach nicht zum Easy-Living der Moderne. Der Körper ist heut zum Kumpel geworden, den man bei Laune halten möchte. Auch gilt es ihn als Arbeitssklaven ständig betriebsbereit zu halten. Ein durchgesoffenes Wochenende mit Ratten unter der Schädeldecke und Flecken vom Würfelhusten auf dem Revers kann heut leicht die Existenz kosten. Selbst Gott würfelt nicht mehr am siebten Tag und auch sonst nicht, wenn man Einstein glauben darf. Saufen in seiner konsequentesten Spielart ist aus dem Verhaltensportfolio des bewussten Mitteleuropäers gänzlich entschwunden. Nur noch Pubertätsgefangene und Hartz-Vier-Gebrochene hauen sich bis zum Anschlag die Hutze voll und kennen demnach auch den Brechreiz als dessen Folge. Modernes Kotzen ist heute weiblich und heißt Bulimie. Die Ursache ist nicht mehr der Aldi-Schnaps, sondern die beschissene Kindheit. Wenn die dann rauswill, ist das Porzellanbecken sowieso zu klein.

Älter werden bringt nichts mehr

Zunehmende Peinlichkeit

Die Erscheinungsform des Menschen als Jugendlicher ist an sich eine peinliche, da lässt sich kaum was draufsatteln. Weder tief hängender Klötensack als Hosendarsteller noch die Erotikbremse Obergürtelspeckwulst können den Phänotyp nachhaltig schädigen – man ist eh bedient. Auch was da so im erwachenden Großhirn an Realitätsdeutung gebildet wird, ist natürlich gequirlte Scheiße, wenn nicht sogar ungequirlte. Doch es ist ein altbekanntes Vorrecht der Jugend, renitent, dämlich und hässlich zu sein – das zarte Lebensalter macht vieles, wenn nicht gar alles wett. Erst mit zunehmender Zahl an Jahren wächst die Gefahr, zum Zerrbild des eigentlich erreichten Reifegrades zu werden. Schon mit Beginn der Pubertät wird beim Manne die öffentlich getragene kurze Hose zum Tabu, mit über dreißig zum Ärgernis, ab sechzig zur Freakshow. Barbusigkeit erreicht beim Weibe auch irgendwo zwischen zwanzig und vierzig ihren Zenit, und die abfallende Kurve eignet sich danach nicht mehr zur Veröffentlichung. Andererseits ist auch nicht alles, was verhüllt, gleichermaßen altersneutral. Das Muscle-Shirt trägt seinen Namen nicht umsonst, und der Bikini lebt von der Ebene zwischen den Teilen. Der Freizeitlook ist nur dann witzig, wenn es im Leben des Trägers auch noch etwas anderes gibt als Freizeit, sprich: Rentner und Langzeitarbeitslose sollten ihn grundsätzlich meiden. Wer schon mal an einer Autobahnraststätte das Absitzen einer Mümmelschwadron vom Neoplan-Euroliner beobachtet hat, weiß, was ich meine. Man glaubt die Olympia-Mannschaft des Fliegenden Holländers zu sehen: Greise, Lahme und Tattrige in Trainingsanzügen wanken zur Toilette. Wer noch halbwegs beieinander ist als Zausel, der richtet sich geschmacklich zumindest mit einer Baseballkappe, gern bestickt mit „LA Streetfighter“ oder „Harlem Devils“. Wenn man sich den Mützenständer dadrunter ansieht, verliert immerhin die Straßenkriminalität ihren Schrecken.

In der Form des Rentners hat der Mensch die Peinlichkeit seiner Jugend zurückgewonnen. Vielleicht liegts daran, dass beide Altersgruppen nicht wirklich wissen, was sie mit ihrem Leben anfangen sollen. Doch auch dazwischen reiht sich Napf an Napf, und überall ist Fett drin enthalten: Männer der zweiten Halbzeit mit fernöstlichem Fickfleisch im Arm oder einem Sportcabrio mit Sitzheizung unterm Faltenarsch; Frauen, die unbedingt trommelnd ihr Klimakterium durchleben wollen oder sonstwie schwer einen an der Waffel haben; allgemein Menschen, die jetzt mal endlich an sich denken wollen, ohne zu überlegen, ob das Projekt diese Investition überhaupt noch trägt.

Unter Vermeidung allzu großer Peinlichkeiten dem Grabe zuzustreben, wird mit jedem Jahr angehäuften Lebens schwerer. Doch es lohnt sich: Man schaue auf alte Leute in anderen Kulturen – die haben jedenfalls eine ansehnliche Patina entwickelt.

Sie haben dieses Buch gelesen! Warum?

Herzlich willkommen im Weltkulturerbe Buch. Warum haben Sie sich für dieses entschieden? Warum nicht für „Bachblütentherapie gegen Arbeitslosigkeit, Glücklichwerden in zehn Minuten oder Das I-Ging des MS-DOS-Rechners". Beherrschen Sie etwa die alte Kulturfähigkeit, die man früher „Lesen" nannte? Leider wird das Fach in der Schule nicht mehr gelehrt. Es ist ersetzt worden durch „Buchstabenraten", auch ein interessantes Fach und zum Entziffern von SMS reicht das ja auch.
Lesen – die Älteren erinnern sich noch daran – war die Fähigkeit, die Buchstaben, die man sich anguckte, zu vergessen und sich dahinter eine Welt vorzustellen. Braucht natürlich heute keiner mehr, weil die Bilder gibs ja jetzt umsonst dazu.
Da haben sich die Marketing-Fritzen des Börsenvereins einmal hingesetzt und darüber nachgedacht wie man trotz und entgegen seines eigentlichen Produktvorteils ein Produkt verscherbelt. Das Ganze unter Berücksichtigung der Tatsache, dass Buchhandel heutzutage dasselbe ist, wie Fernrohre an Blinde verkaufen. Als das Ergebnis der gedanklichen Bemühungen entstand aus dem alten Buch die moderne Marketingpappe, die derzeit in den Läden rumliegt. Zwar sind fast überall noch Buchstaben drin, aber es ist wie bei der Tütensuppe, die liest sich ja auch keiner wirklich durch.
Das ist die größte Kulturleistung des Buchhandels überhaupt: Den Leuten die Schwarten anzudrehen, die sie nicht brauchen, nicht verstehen und wenn sie 's täten, ihnen nicht weiterhelfen würden.
Warum latscht aber der normale Fußgängerzonentrottel trotzdem in einen Buchladen rein, was will er da, wozu braucht er ein Buch?

Ein Freund oder Verwandter hat Geburtstag. Ist der Verwandte z.B. männlich und über siebzig gibts vom Grabbelständer den Bildband: „Unternehmen Barbarossa, Landser im Winterkrieg gegen Rußland." Gleichaltrige Frauen kriegen den 25. Schinken über Topfblumenaufzucht oder Makramee am Lebensabend.
Problematischer ist es, wenn das Opfer jünger ist und bloß ein entfernter Bekannter. Dafür sind selbst die Klamotten aus dem Modernen Antiquariat zu teuer und zu schwer. Aber je billiger ein Buch ist, desto witziger muss es dafür im Gegenzuge sein. Jeder Buchladen hat für diese Kunden extra eine eigene Ecke, die so genannte Geschenkbuchabteilung, da steht der allerletzte Schrott, den wirklich keine Sau braucht und den man sich nie im Leben selber kaufen würde, daher der Name. Vorteil von diesem Mist ist, dass die Hemmschwelle, das Buch sofort wegzuschmeißen ziemlich niedrig ist. Für Leute ohne Bücherregal ein entscheidenes Argument. Die Dinger heißen: „Juchhu, meine Freundin ist tot", „Sex ab 40? Geht das noch?" oder „Die Verdauung des Wassermanns". Maximal zehn Euro, sieht aber nach mehr aus und notfalls kann man sie sogar lesen, weil einfache Hauptsätze in Großdruck keinen verschrecken.
Eine Sonderstellung unter den Büchern, die man gar nicht selber will, stellen die richtigen Bildbände dar. Diese Monsterschwarten kriegen alte Säcke, wenn sie endlich ihren Arbeitsplatz freigemacht haben oder sonstwie am Ende angelangt sind. Wichtig ist, dass sie mindestens so groß sind wie ein mittlerer Grabstein – damit sich der Kollege schon mal dran gewöhnt – und auch nicht mehr Text enthalten als dieser.
„Die Wasserschlösser an der Emscher", „Afrikas Hautparasiten vor der Kamera", „Niedersachsen – Land des Lächelns". Mit diesen Kawenzmännern hat man ordentlich was zum Überreichen in der Hand und mehr Buchmasse ist für den Preis nicht zu kriegen.

Manchmal will der Kunde es aber auch ganz für sich selbst. Huijuijui. Woher weiß er denn, welches das richtige ist? Natürlich aus dem Fernsehgerät. Ganz weit vorne sind deshalb die Lehrerbegleithefte für behämmerte Vorabendserien, sozusagen das blaue Reclambüchlein für Todesschwester Stefanie. Warum Menschen sich den Schwachsinn nochmal reintun, weiß keiner so genau. Manchmal gibt es aber auch Ratgeber-Sendungen im Fernsehen und weil sich der Hirni vorm Schirm wieder alles nicht so schnell merken kann, gibts meist auch noch ein Büchlein zum Nachbereiten. „Feng Shui für die Doppelgarage" oder „Jetzt helfe ich mir selbst – Prostata-Operation". Und weil es ohnehin selten genug vorkommt, dass einer von diesen Kunden sich mal im Laden verirrt, haben die Marketing-Strategen extra Luderplätze für dieses scheue Wild aufgebaut. Direkt in Kassennähe könnte man ihnen womöglich noch den ein oder anderen totalen Blödsinn reinwürgen. Um die Kaufschwelle noch niedriger zu halten, sehen diese Bücher dann schon vom Format her nicht mehr aus wie Bücher. Goethes Liebeslyrik so groß wie ne Fünferpackung Lümmeltüten, alternativ: „TaiChi bei der Scorpion-Katze." Wenn es das Horoskop nicht gäbe und dauernd neue asiatische Methoden, um gegenseitig an sich oder der Katze rumzufummeln, würden 40.000 Bücher weniger erscheinen im Jahr. Also der ideale Buchhandelskunde ist der Nichtleser. Er ist der wahre König Kunde, denn der Leser kommt ja sowieso.

Der Nichtleser von vorgestern interessiert sich einen Dreck für Bücher, aber als Kind hat man ihm Ehrfurcht vor der Kultur eingebläut. Deshalb kauft er sich immer noch dicke Schwarten für die Schrankwand, am liebsten Gedicht-Anthologien oder Gesamtwerke, die ordentlich Meter machen. Der ganze Bertelsmann-Konzern gründet auf diesem Volltrottel. Leider nimmt seine Zahl ständig ab – im Gegenteil Bücher in der Wohnung sind heutzutage sogar peinlich.

Der Nichtleser von gestern hatte auch keinen Bock mehr auf Lesen, seine Kindheit verbrachte er jedoch im Zeichen der Illustrierten: Quick, Neue Revue oder Praline waren seine entscheidenden Kulturerlebnisse, Blättern seine Methode um die Welt zu begreifen. Dem konnte man jedes Buch verkaufen, Hauptsache wenig Buchstaben und viele bunte Bilder, wenn mit Titten: um so besser.
Der Nichtleser von heute ist ein ganz abgefuckter Typ, sein Zugang zur Welt ist noch mehr reduziert, nebenbei will er noch glotzen, hauptsächlich aber bloß noch fressen. Am liebsten würde er Bücher kaufen – wenns denn sein muss – die er gleich in der Fußgängerzone auslutschen kann. Bei ihm funktionieren am ehesten Bücher, die irgendwas mit Fressen zu tun haben – wohlgemerkt keine Kochbücher, oder wenn, dann bloß welche mit Sachen, die er kennt: Das Fischstäbchenkochbuch, das mit Philadelphia-Käse oder Gummibärchen.
Diese drei Typen seiner Kundschaft kennt natürlich jeder Buchhändler, weil sie jeden Tag in ihren nassen Klamotten und mit ihren dämlichen Fragen seinen Laden verpesten. Aber egal, Geschäft ist Geschäft, wäre da nicht der zweite Feind des braven Sortimenters, die Verlage.
Statt Bücher zu verlegen, die man sofort auffressen kann oder die wenigstens keine Texte enthalten, produzieren diese weltfremden Trottel jahraus, jahrein über 80.000 Neuerscheinungen, die im Grunde keiner braucht und keiner will. Daneben gibts natürlich auch noch die ganzen Reste der Vorjahre in ständiger Neuauflage – eine katastrophale Modellpolitik. Ein Autoverkäufer muss sich höchstens zehn verschiedene Produkte merken, nach denen ihn seine Kunden ausfragen können, ein Buchhändler hat über hunderttausend Modelle parat – logischerweise werden diese Leute mit der Zeit alle plemplem oder sonstwie komisch. Das Unverschämte an den Verlagen ist ja auch noch, dass sie

Immer mehr Deutsche scheißen auch öffentlich auf ihr Vaterland.

den Händlern ihre Drückerkolonnen auf den Hals hetzen, Menschen mit großen Taschen, genannt Vertreter, die schon wieder Neuerscheinungen ranschleppen, wenn der alte Schrott noch eingeschweißt im Keller steht. Jeder Buchhändler hasst Verleger noch mehr als seine Kundschaft. Sein Hass auf die Verlage drückt sich auf verschiedene Weise aus: Er versucht, die Titel von den besonders Aufdringlichen falsch einzuordnen, damt sie ja keiner kauft. Besonders in der Abteilung „Katholische Moraltheologie", wo nie jemand reinguckt, stehen haufenweise Deportierte herum. Jeder Sortimenter hat seine Gulag-Abteilung für verhasste Verlage und Autoren.

Wobei der Inhalt natürlich egal ist. Am meisten verachtet der Händler Bücher, die von der Größe her nicht in den Normabstand seiner Ladeneinrichtung passen. Deren Autoren lädt er gerne zu Lesungen in seinen Laden ein und foltert sie mit trockenen Käsebrötchen.

Wenn ihm ein Verlag über Jahre auf den Geist geht, bestellt der Händler auch schon mal haufenweise Bücher, bloß um sie wieder zu remittieren. Wenn er Glück hat, muss er das Zeug gar nicht zurückschicken, weil der Verlag eh den ganzen Mist verramscht. Dann schiebt der Buchhändler große Tische nach draußen in die F-Zone mit all den Büchern, die er hasst. Grinsend guckt er durch sein Schaufenster und freut sich, wie die Tauben alles vollkacken. Das Ganze nennt sich dann „Billige Bücherwoche".

Richtig sauer wird er allerdings auf solche Verlage, die ihre blöden Schwarten nicht richtig in Folie einschweißen wie ein Tiefkühlhähnchen. Labbrige Papierhüllen oder ungeschützte Buchdeckel aus Pappe sind ihm ein Graus. Sowas hat die versiffte Kundschaft doch ruckzuck in Altpapier verwandelt und wer hat den Ärger mit dem Mist?

Als ob man sich über die Verlage nicht schon genug aufregen müsste, bleibt natürlich noch Feind Nummer eins: der Leser. Anders als der Hauptkunde, also der Nichtleser, kann man ihm nicht jeden Mist andrehen. Unangenehm auffallen kann er besonders durch folgende Eigenschaften: Er will ein bestimmtes Buch. Eine Frechheit! Da liegen 100.000 ungelesene Teile im Laden herum und diese Nervensäge will ausgerechnet ein Buch, das nicht da ist, dabei kennt er nicht mal die Hälfte von dem vorhandenen Bestand. – Eingebildeter Sack! Damit das nicht zur Gewohnheit wird, muss er ein bestelltes Buch im Voraus blechen.

Er stellt Wissensfragen an die Verkäufer: „Sind im neuen Houellebecq auch soviel schweinische Stellen wie bei den ersten beiden?" Natürlich hat er das Buch längst im französischen Original gelesen und will bloß den Buchhändler aufs Glatteis führen.

Er fragt an der Kasse, ob man den riesigen Preis-Aufkleber, der quer auf dem Titel pappt bitteschön abmachen könnte. Ja, soll das ein Witz sein? Der ist mit Zweikomponentenkleber auf ewig mit dem Buchrücken vermählt.

Er will sein pissiges Reclamheftchen als Geschenk eingepackt haben. Auf diese Weise schnorrt er bei jedem Buchkauf Geschenkpapier, das er zu Hause schubladenweise hortet.

Er tauscht Bücher um. Dazu hat er sich extra ein Folienschweißgerät von Tchibo gekauft, damit die Bücher wie ungelesen aussehen.

Wenn Sie sich bis hierhin durch dieses Buch gekämpft haben, dann gehören Sie zur kulturellen Restelite dieses Landes. Sie sitzen jetzt wahrscheinlich zu Hause auf ihrem Tiefspüler und rezipieren wie jeden Tag ein paar Seiten von dem hübschen Schmunzelbändchen. Es sei Ihnen von Herzen gegönnt.

Bücher, die Spaß bringen!

D. Wischmeyer, S. Bulthaup
Frieda & Anneliese
ISBN 3-8303-3081-2

Sam Martin
Wenn Mann ein Baby bekommt
ISBN 3-8303-6128-9

Johann König
Gestammelte Werke
ISBN 3-8303-3144-4

Dietmar Wischmeyer
Deutschbuch II – Die Bescheuerten
ISBN 3-8303-3119-3

Dietmar Wischmeyer
Der kleine Tierfreund – Das große Bilderlexikon
ISBN 3-8303-3137-1

Wir informieren Sie gern über das komplette Programm von Lappan. Postkarte genügt:

Lappan Verlag GmbH · Postfach 3407 · 26024 Oldenburg · www.lappan.de · E-Mail: info@lappan.de